A Fuga de Xangri-La

MICHAEL MORPURGO

A Fuga de Xangri-La

Tradução de
Maria das Mercês Peixoto

EDITORIAL **P** PRESENÇA

FICHA TÉCNICA

Título original: *Escape from Shangri-La*
Autor: *Michael Morpurgo*
Copyright © 1998 by Michael Morpurgo
Tradução © Editorial Presença, Lisboa, 2001
Tradução: *Maria das Mercês Peixoto*
Capa: *Danuta Wojciechowska*
Composição, impressão e acabamento: *Multitipo – Artes Gráficas, Lda.*
1.ª edição, Lisboa, Junho, 2001
Depósito legal n.º 165 599/01

Reservados todos os direitos
para Portugal à
EDITORIAL PRESENÇA
Rua Augusto Gil, 35-A   1049-043 LISBOA
Email: info@editpresenca.pt
Internet: http://www.editpresenca.pt

Para o Conrad e a Anne

1

O DANADO DO VELHO

Eu estava apoiada nas costas do sofá, com os joelhos no assento, a olhar pela janela. Foi nas férias do Verão, e estava a chover, a chover imenso.

— Ele está ali desde manhã — comentei.

— Ele quem? — perguntou a minha mãe, que estava a passar a ferro. — Não sei porquê, mas adoro passar a ferro! Faz bem à saúde, é retemperante, dá-me prazer. Não tem a nada a ver com o ensino. Dar aulas de certeza que não faz bem à saúde. — Estava sempre a falar das suas aulas, mesmo durante o período de férias.

— Aquele homem. Está ali há imenso tempo, de pé. Ali de pé a olhar para nós.

— Vivemos num mundo livre, não é assim?

O homem de idade estava do outro lado da rua, junto à casa do senhor Martin, mesmo por baixo do candeeiro da rua. De vez em quando encostava-se ao poste do candeeiro, outras vezes ficava ali simplesmente de pé, com os ombros arqueados e as mãos enfiadas nos bolsos. Mas sempre a olhar, precisamente na minha direcção. Trazia vestido um casaco abotoado até cima — talvez fosse um casaco de marinheiro, mas eu não conseguia distinguir — e tinha a gola levantada por causa da chuva. Tinha o cabelo comprido, comprido e branco, e parecia estar preso atrás, num rabo-de-cavalo. Fazia lembrar um antigo chefe Viking.

— Vem cá ver — disse eu. — Ele é estranho, mesmo estranho.

Mas ela continuou sem sequer levantar os olhos. Como é que alguém pode estar a engomar tão obcecadamente, é uma coisa que me ultrapassa. Estava a dar palmadinhas na camisa que acabara de passar, com uma expressão triste, a cabeça inclinada de lado, como se estivesse a despedir-se de um velho cão. Voltei-me novamente para a janela.

— Que quererá ele? Deve estar encharcado. Mãe! — Finalmente, aproximou-se. Ajoelhou-se ao meu lado, no sofá, e até ela cheirava a roupa acabada de engomar. — Desde manhã, ele está ali desde manhã, desde o pequeno-almoço. A sério.

— Que cabelo aquele! — comentou a minha mãe, com ar de reprovação. — Se queres saber, a mim parece-me um vagabundo, o danado do velho. — E franziu o nariz com uma expressão de desagrado, como se conseguisse sentir o cheiro dele, mesmo àquela distância.

— E que mal têm os vagabundos? — perguntei. — Não acabaste de dizer que vivemos num mundo livre?

— Mais ou menos livre, querida Cessie, só mais ou menos. — E debruçou-se à minha frente, correndo as cortinas. — Agora ele pode ali ficar a olhar para as nossas lindas cortinas, talvez aprecie este padrão com lírios, e nós não precisamos mais de olhar para ele, não achas? — e sorriu-me com aquele seu sorriso de sempre, quando quer dar-me a entender que sabe bem o que se passa comigo. — Pensas que nasci ontem, Cessie Stevens? Pensas que não sei o que se passa? Sabes, é o tal sinónimo de adiar que começa por *p*: estás a pro...te...lar. — É claro que ela tinha razão. E articulava a palavra muito lentamente, como uma tortura, fazendo de propósito para a pronunciar de modo irritante. E era perita nisso. Não era em vão que a minha mãe era professora. — Vai estudar violino, Cessie. Primeiro disseste que ias praticar de manhã, depois que ias à tarde. E agora já é quase noite e ainda não foste.

Tinha saído do sofá e estava agora acocorada à minha frente, olhando-me no rosto, com as mãos pousadas sobre as minhas.

— Vai lá. Antes que o teu pai chegue a casa. Bem sabes como ele fica aborrecido quando tu não praticas. Vai lá, meu anjo.

— Não sou nenhum anjo — respondi com firmeza. — Nem quero ser — e saí da sala e subi as escadas antes que ela pudesse dizer mais alguma coisa.

Eu era ambivalente em relação à minha mãe. Era mais chegada a ela do que qualquer outra pessoa no mundo. Sempre fora a minha única confidente, a amiga em quem eu mais confiava. Fizesse eu o que fizesse, ela estava sempre pronta a defender-me. Já a tinha ouvido dizer, falando a meu respeito: «Está a passar por aquela idade difícil. Já não é uma criancinha, mas também ainda não é uma mulher. É uma fase passageira.» Mas às vezes não conseguia evitar fazer de professora. Pior do que isso, usava o meu pai como uma arma contra mim. De facto, ele nunca ficava realmente aborrecido quando eu não praticava violino, mas sabia que ficava desapontado. E eu detestava desapontá-lo — e ela também sabia disso.

Sempre que ele podia, sempre que estava em casa, o meu pai subia para o meu quarto para me ouvir tocar. Recostava-se na cadeira, punha as mãos atrás da cabeça e fechava os olhos. Quando eu tocava bem — e geralmente tocava quando ele estava ao pé de mim — dava-me no fim um grande abraço, e dizia algo como «Metes muitos num chinelo.» Mas, ultimamente, desde que tínhamos mudado de casa, o meu pai já não podia ir tantas vezes ouvir-me tocar. O seu novo emprego na estação de rádio prendia-o muito mais — tinha dois programas diários e, por vezes, também aos fins-de-semana. De vez em quando eu ligava a rádio só para ouvir a sua voz, mas não era a mesma coisa. Na rádio não era a voz do meu pai.

Eu também era ambivalente em relação ao meu violino. Na verdade era louca por ele. Amava os segredos da sua vida oculta, encerrado naquele estojo de feltro verde, o suave aconchego do apoio para assentar o queixo, a macieza da crina quando passava com o arco do violino pela parte interna do meu pulso, para verificar se estava bem esticada. Também adorava tocar o meu violino, mas sempre detestei praticar, principalmente quando me diziam para o fazer. Quando me esquecia que estava a praticar, quando conseguia deixar-me levar pela música, então era capaz de passar horas a tocar, muito feliz, sem dar pelo tempo.

Estava precisamente a começar a sentir o prazer de tocar, precisamente a começar a sentir que eu e ele éramos um só. Estava a tocar tão bem o *Largo* de Handel que sentia a minha pele a arrepiar-se de prazer ao longo dos braços. Foi então que a campainha da porta soou. A magia desfez se. Regressei de imediato à detestada obrigação de praticar. A campainha tocou novamente. Qualquer desculpa para parar era uma boa desculpa. Pousei o violino em cima da minha cama, pousei também o arco, e fui até ao cimo das escadas para ver quem era. Ouvi a porta da frente a abrir-se. Havia um vulto lá em baixo à entrada, e a minha mãe estava ao lado dele, imóvel.

— Quem é? — perguntei, enquanto descia as escadas.

11

O vulto moveu-se subitamente para a luz da entrada e transformou-se no velho que vira do outro lado da rua. Ali estava ele, a pingar.

— Desculpem — disse —, não quero importunar.

O seu rosto esboçou um sorriso trémulo quando me viu.

— Cessie?

Ele sabia o meu nome!

— Tens de ser a Cessie. Sei que isto irá parecer um bocado estranho, mas sou o teu avô. Sou o pai do teu pai, o que faz de mim teu avô, não é assim?

Olhava agora só para a minha mãe.

— É verdade, tão verdade como eu estar aqui. Sou o pai do pequeno Arthur. Da última vez que o vi ele era ainda pequenito, só tinha cinco anos, e isso já foi há uns cinquenta anos. Foi há muito tempo — durante uns breves momentos pareceu que não sabia o que mais havia de dizer. — Tinha umas grandes orelhas. Nasceu com as orelhas grandes, como um elefante bebé. Por isso lhe pusemos o nome de Arthur. Conhecem aqueles livros do Babar?

Eu disse que sim com a cabeça, porque não conseguia falar.

— Eu era o Babar, estão a ver? A mãe dele era a Celeste, e por isso o nosso filhote recebeu o nome de Arthur. Mas é claro que não tinha tromba.

Sorri ao ouvi-lo, e ele percebeu e devolveu-me o sorriso, com um súbito brilho no olhar.

— Agora já estás muito crescida para essas histórias, julgo eu. Estás uma rapariga! — estava a examinar-me minuciosamente. — E agora reparo, também te pareces um bocado com o pequeno Arthur, excepto nas orelhas, claro. Tens umas orelhas bonitas, bonitas e bem colocadas, como deve ser. Não ondulam ao vento como acontecia com as dele. Que idade tens? Treze? Catorze?

— Onze — respondi. Senti a minha mãe agarrar-me a mão e segurá-la com força, com tanta força que me magoava.

— Setenta e cinco — disse o velhote, apontando para si próprio. Tenho setenta e cinco anos. Já sou muito velho, não é? Sabes como é que o teu pai costumava chamar-me quando era pequeno? «Popsicle». «Pops» de início. Depois passou a Popsicle. Nunca percebi porquê. Mas foi assim que toda a gente começou a chamar-me a partir de então: Popsicle, Popsicle Stevens.

— Não pode ser — murmurou a minha mãe, puxando-me mais para junto de si. — Não pode ser o pai do Arthur. Ele não tem pai.

Subitamente, o velhote pareceu ter perdido a firmeza nas pernas. Vacilou e cambaleou para a frente. Instintivamente, ambas recuámos para nos afastarmos dele. As suas orelhas pingavam, bem como o queixo, e até os dedos. Era como se todo o seu corpo brotasse lágrimas. O cabelo, reparei então, não era completamente branco, mas de um tom creme, quase amarelo em certas zonas. E não parecia muito limpo. Nada nele tinha ar de limpo.

— Toda as pessoas têm um pai — afirmou, estendendo os braços para nós.

«Tal como os fantasmas», pensei eu.

— Não sou nenhum fantasma, Cessie.

Ambas demos mais um passo para trás. Os fantasmas conseguem ler os pensamentos.

— Estou a dizer-vos, sou o Popsicle Stevens, o pai do Arthur, e estou vivo, sim, vivo. Os fantasmas não sentem fome, pois não? E também não ficam cheios de frio — de repente, avançou para mim e agarrou-me pelo pulso. — Vês como eu estou? — Estava frio como o gelo, mas era real. Não era um fantasma. — Será que não têm uma boa chávena de chá, só para aquecer um pobre diabo?

Desta vez a minha mãe não recuou, mas puxou-me para trás dela, agarrando a minha mão ainda com mais força.

— Como é que hei-de saber? O senhor pode ser qualquer um! Surgindo assim da rua, pode ser uma pessoa qualquer. Como é que hei-de saber se é quem diz ser?

O velhote tomou fôlego antes de responder.

— Oiçam bem, estas células cinzentas aqui — e dava palmadinhas nas têmporas — podem já não ser o que eram antigamente, mas há coisas em que não erramos. Se aqui vive um tal Arthur Stevens, se ele cresceu num pequeno lugar chamado Bradwell-on-Sea — que fica na costa do Essex — e se ele é seu marido, e se é teu pai, então, a não ser que eu esteja errado — e acho que não estou — somos parentes, todos nós. Só pensei fazer-lhe uma visita, foi só isso. Pensei que não ia prejudicar ninguém — nem agora, nem nunca.

No silêncio da entrada eu quase conseguia ouvir a minha mãe a pensar, talvez porque estávamos as duas a pensar a mesma coisa. O meu pai *tinha* crescido na costa do Essex. Nós já lá tínhamos ido. Tínhamos visto a casa onde ele nascera. A sua infância era um bocado misteriosa. Tinha estado num lar de rapazes, a Casa Barnardo — eu sabia muito bem disso. A mãe dele, minha avó, tinha morrido nova — também sabia isso —, muito antes de eu ter nascido. Quanto ao pai dele, eu pouco ou nada sabia a seu respeito. O meu pai nunca tinha falado dele, pelo menos que eu tivesse ouvido. Se alguma vez eu tinha pensado nele, e não sei bem se tinha ou não, então suponho que simplesmente presumi que ele já tinha morrido, tal como a minha avó.

O velhote estava agora a desabotoar o casaco e procurava atrapalhadamente alguma coisa lá dentro. A minha mãe continuava a agarrar-me a mão com toda a força. A carteira que tirou estava recheada de papéis, parecendo uma sanduíche de cabedal muito amassada. Abriu-a com todo o cuidado, quase com reverência. Com os dedos trémulos tirou uma fotografia antiga, em tom de sépia, rasgada nos cantos e cheia de vincos. Entregou-a nas nossas mãos. Um homem novo olhava para mim, da fotografia. Estava de pé em frente de uma casa com placas de lousa e roseiras em volta das janelas. A cavalo nos seus ombros estava um rapazinho agarrado aos cabelos dele com ambas as mãos. Ao lado deles estava uma senhora jovem que os olhava com ar de adoração.

— É a tua avó — disse ele — e esse sou eu com o Arthur, o teu pai, aí está ele, a agarrar-me pelos cabelos. Tinha a mania de fazer isso, o malandro. Foi no Verão de 1950. No último Verão em que estivemos juntos.

— Como é que ela se chamava? — continuou a minha mãe a interrogá-lo. — A mãe do Arthur. Como é que se chamava?

A pergunta deixou-o visivelmente perturbado. Pareceu relutante em responder, mas quando finalmente falou fê-lo com determinação: — Cecilia. Chamava-se Cecilia — depois olhou para mim, sorrindo — É claro que ainda não tinha pensado nisso, Cessie. Deram-te esse nome em homenagem à tua avó, não foi?

Ele tinha razão. Tinha razão em tudo o que dissera. Senti um arrepio agradável a subir-me pela nuca. A minha avó *tinha-se* chamado Cecilia, e eu *tinha* recebido o nome dela, sempre soube disso. Havia uma fotografia sua em cima do piano, na sala de estar. Nessa fotografia ela era jovem, talvez demasiado jovem para que eu alguma vez pudesse ter pensado nela como sendo minha avó. Ergui o olhar para ver o rosto dele. Tinha os olhos fundos e doces. Eram azuis. Tinha os olhos azuis. O meu pai tinha os olhos azuis. Eu tinha os olhos azuis. Foi nesse momento que se desvaneceram as últimas dúvidas. Este homem tinha de ser o pai do meu pai, o meu avô.

Durante algum tempo ficámos ali paradas, a olhar para ele.

Apertei a mão da minha mãe, para a forçar a fazer alguma coisa, a dizer alguma coisa, o que quer que fosse. Ela olhou para mim. Percebi que ainda não estava totalmente convencida. Mas eu sabia que ele não estava a mentir. Sabia muito bem o que era mentir. Eu mentia muitas vezes. Mas este homem não estava a mentir. Uma pessoa mentirosa sabe quando os outros estão a mentir.

— É melhor entrar — disse-lhe eu.

Libertei-me da mão da minha mãe, peguei com delicadeza no braço do meu avô e levei-o para o calor da cozinha.

2

MÚSICA NO BANHO

—Acho que sou muito guloso — comentou, mexendo o chá
onde tinha deitado cinco colheres cheias de açúcar.

Nós estávamos sentadas a observá-lo enquanto ele ia sorvendo
ruidosamente o chá, segurando a caneca com ambas as mãos.
Estava a saber-lhe bem. Ao mesmo tempo aproximou de si o
prato com bolachas de chocolate digestivas, que ia molhando
dentro da caneca até ficarem completamente embebidas, e devo-
rava uma atrás da outra mal parando para respirar. Devia estar
mesmo cheio de fome. O seu rosto apresentava aquela cor acas-
tanhada de quem apanha muito sol, e tinha a pele muito enrugada e encarquilhada, como a casca de um velho carvalho. Eu
nunca tinha visto um rosto assim. Não conseguia desviar os olhos
dele.

Fui eu que fui falando. Alguém tinha de o fazer. Não suporto
silêncios, fazem-me sentir pouco à vontade. Obviamente, ele
estava demasiado interessado no seu chá e bolachas para poder
dizer o que quer que fosse, e a minha mãe, sentada do outro lado
da mesa da cozinha, apenas olhava fixamente para ele. Quantas
vezes já me dissera que não devia olhar fixamente para as pessoas? Mas ali estava ela a olhar para ele de boca aberta, sem qualquer acanhamento. Era como se o Quasimodo tivesse vindo a
nossa casa para tomar uma chávena de chá.

Tive de pensar nalguma coisa lógica para dizer e achei que
talvez ele gostasse de saber algo sobre mim, sobre a sua neta
recém-encontrada. Afinal de contas, nada sabia da minha vida.
Assim, apresentei-lhe a minha autobiografia, de modo resumido
e bastante selectivo, contando-lhe apenas aquilo que achei que
poderia interessar-lhe: que tínhamos mudado para esta casa apenas seis meses antes, que escola frequentava, quem eram as minhas
piores inimigas. Falei-lhe especialmente da Shirley Watson e da
Mandy Bethel, e de como elas sempre me tinham atormentado
na escola, talvez por eu ser nova ali, ou porque era muito metida

comigo e nunca alinhava com as outras raparigas. Durante todo esse tempo ele continuou a mastigar as bolachas e a sorver o chá ruidosamente, embora estivesse a prestar atenção. Sei que estava, porque sorria quando eu contava algo em que seria natural fazê-lo. Já lhe tinha contado tudo aquilo de que me lembrara, quando me ocorreu o violino.

— Já estou no quinto ano. Comecei aos três anos, não foi, mãe? Estou a estudar pelo método Susuki. Tenho aulas duas vezes por semana com a Madame Poitou — ela é francesa, mas ensina muito melhor do que a minha antiga professora. Diz que tenho bom ouvido, mas sou pouco trabalhadora. Tenho de praticar quarenta minutos por dia. Não sou boa em mais nada, excepto na natação. Mariposa é o estilo em que nado melhor. Ah, e também gosto de vela. O pai tem um amigo que trabalha com ele na rádio, e que tem um barco de vinte e seis pés, chamado *Seaventure*. Está lá em baixo, na marina. Já demos um passeio nele ao longo da costa em direcção ao sul, não foi, mãe? Chegámos até Dartmouth, ou lá o que era. O mar estava um bocado agitado, mas foi óptimo.

— Não há nada que chegue a isso — concordou ele. — Não há nada como o mar. *I must go down to the sea again, to the lonely sea and the sky...*★ Conheces este poema, não conheces? É claro que isto não corresponde à verdade. No mar nunca estamos sozinhos. São as pessoas que nos fazem sentir sós, não achas? Gostas de poesia? Eu sempre gostei. Tenho dúzias de poemas aqui na cabeça.

A minha mãe interrompeu subitamente:

— Como é que soube onde poderia encontrar-nos? Como foi?

— Tive sorte, foi apenas sorte. Não foi que andasse à procura dele. Aconteceu, simplesmente. Eu estava em casa, já lá vão umas semanas, e tinha a rádio ligada. De facto, liguei-a para ouvir a previsão do tempo. Ouço-a todos os dias. Foi então que ouvi a voz dele, naquele programa da manhã. Claro que não reconheci logo a sua voz, mas havia algo na maneira como ele falou que me fez prestar mais atenção. E foi então que ouvi o nome dele. *Arthur Stevens' Morning Chat*, é como se chama o programa. Não

★ *Tenho de voltar para o mar, para a solidão do mar e do céu... (NT)*

17

sou doido. Sabia muito bem que, provavelmente, haverá mais do que um Arthur Stevens no mundo, claro que sim. Mas tive um pressentimento, como se fosse uma coisa predestinada. Percebem o que quero dizer? Era como se estivesse predeterminado que nos voltaríamos a encontrar depois de todos estes anos. Por isso, nessa mesma tarde, fui até lá dar uma olhadela. Entrei pela porta principal da estação de rádio. E lá estava ele, maior do que em tamanho real, num cartaz enorme na parede. Olhei e, garanto-vos, não precisei de ler a assinatura que estava em baixo. Era ele. As mesmas orelhas grandes, o mesmo sorriso descarado, o mesmo Arthur de quando era pequeno. E passados cinquenta anos. Era impossível eu estar enganado. E nessa altura, quando estava ali de pé a olhar para o cartaz, ele passou mesmo ao meu lado, tão perto que podia ter alcançado o seu braço para o agarrar. E senti vontade de o fazer, acreditem que senti; mas não podia, não ousei. E então ele passou a porta e já era tarde de mais. Com o dedo, juntou as migalhas das bolachas num pequeno monte, e depois prosseguiu.

— De qualquer modo, depois disso fiquei com a cabeça estonteada. De vez em quando tenho vertigens. Tive de me sentar para acalmar, e estava lá uma jovem sentada a uma secretária que me ajudou. Foi muito simpática. Levou-me um copo de água. Calculo que estava um bocado preocupada comigo. Passado um pouco, começámos os dois a conversar. Fiz-lhe perguntas sobre o Arthur e ela contou-me tudo sobre ele, e também sobre vocês as duas. Disse-me que é muito agradável trabalhar com ele e que ele se empenha muito naquilo que faz. «Nunca pára», disse-me ela, «mata-se a trabalhar.» Falou-me de todos os programas dele e contou-me que os ouvintes telefonam para falar das suas preocupações e mágoas, e da maneira como ele conversa com eles e os faz sentir melhor. «O senhor também devia ouvir de vez em quando», disse-me ela. Por isso ouvi. E desde então tenho ouvido todos os seus programas, nunca perdi nenhum. Nem uma vez. Além disso, ele põe o género de música de que eu gosto. Olhava agora para nós, com um ar muito sério.

— Sei o que estão a pensar. Sei que pensam que eu sou um bocado apanhado da cabeça, um tanto doido. Bem, talvez seja. Talvez não devesse ter vindo. Acho que nada tenho a fazer aqui, depois de todos estes anos — tinha os olhos rasos de lágrimas.

— Foi um acordo, uma espécie de entendimento entre a mãe do Arthur e eu. Não me interpretem mal. Não a censuro, eu não era bom para ela, sei isso muito bem. Um dia ela disse que estava farta. Que se ia embora e levava o pequeno Arthur consigo. Queria começar uma nova vida. Tinha arranjado outro homem, são coisas que acontecem. Mas foi tudo a bem, sem brigas. E seria melhor se eu ficasse afastado, disse ela, seria melhor para o nosso filho. Depressa ele se habituaria a um novo pai. Por isso lhe prometi que me manteria longe, por causa dele. E foi o que fiz. Cumpri a promessa, e posso dizer-vos que nem sempre foi fácil. Um pai gosta sempre de ver a evolução do seu filho. Eu nunca fui ver; mas quando ouvi o nome dele na rádio, bem, como já disse, pensei que era algo predestinado. E aqui estou. A voz dele na rádio era imponente, mesmo imponente — afastou as lágrimas com as costas da mão. Tinha as mãos muito largas, escuras e cheias de sujidade. — Levei duas semanas a pensar no caso e depois passei um dia inteiro de pé, à chuva, antes de me decidir a bater à porta. Recompôs-se de novo antes de continuar. — Estava a olhar directamente para a minha mãe.

— Não vim aqui para vos aborrecer, nem a ele. Palavra de honra. Só queria vê-lo, ver-vos a todos, e depois ir-me embora outra vez.

A minha mãe deitou um olhar ao relógio da cozinha.

— Bem, receio que ele não chegue a casa tão depressa. Ainda deve tardar pelo menos meia hora, ou talvez mais — e então, de repente, assumiu de novo o seu ar de professora: categórica, confiante, metódica. — Está bem. Cessie, vai pôr o banho a correr.

— O quê? — Às vezes não conseguia entendê-la. Por que raio é que eu havia de ir tomar banho imediatamente, se o tomava sempre antes do jantar?

— Não é para ti, Cessie, é para o senhor Stevens — e bateu as palmas para me apressar. — Vai lá para cima, despacha-te. E tira uma toalha do armário da roupa, tira aquela grande, verde. Não podemos deixar o senhor Stevens ficar aqui sentado com a roupa encharcada até o teu pai chegar. Podia morrer!

— Nada de senhor Stevens, por favor. Popsicle. Sou o Popsicle — declarou o meu avô em voz baixa. — Gostaria muito que me chamassem Popsicle. É assim que toda a gente me trata. É assim que estou habituado.

19

A minha mãe fora interrompida no seu discurso, mas a sua surpresa durou apenas um momento.

— Seja então Popsicle — respondeu, empurrando-me para fora da cozinha. — Vou procurar algumas roupas do Arthur para si — ouvi-a dizer enquanto eu subia as escadas. — Devem ficar--lhe um bocado grandes, não admira. Vou secar as suas num instante — falava com ele como se já o conhecesse há muitos anos, como se ele fosse da família.

Eu estava a pensar nisso enquanto punha a água a correr para o banho, mas só quando fui buscar a toalha ao armário é que comecei a dar-me conta, comecei a compreender o que tudo isto significava. Até esse momento tinha acreditado, mas não tinha sentido. Tinha um novo avô. Vindo de lugar nenhum, tinha um novo avô! Fui atravessada por uma súbita onda de alegria. Enquanto o observava a subir lentamente as escadas, apoiado ao corrimão, tudo o que desejava fazer era lançar os braços em volta do seu pescoço e abraçá-lo. Esperei que chegasse lá acima, e depois fiz isso. Ele pareceu ficar um bocado desorientado. Apanhara-o de surpresa, mas acho que ao mesmo tempo ficou satisfeito.

— Tens uma esponja, Cessie? — perguntou-me. — Não costumo tomar banho com muita frequência. É um bocado difícil no sítio onde eu moro. Há pouco espaço. E também há pouca água. Mas quando tomo banho, é sempre com uma esponja.

— Esponja?

— Sim, ou uma escova para lavar as costas. Para chegar onde é mais difícil.

— Acho que não temos nenhuma esponja — respondi, rindo. — Mas se quiser dou-lhe um pato. Tenho um pato de plástico, para o banho, chamado Patsy. Já o tenho desde que era pequenina.

— Que mais poderia eu desejar? — sorriu-me quando lhe entreguei a toalha. — Sabes que mais, Cessie? Podias tocar-me uma música no teu violino. Aquela que estavas a tocar quando eu estava lá fora na rua. Gostei dela. Gostei mesmo muito. Podias fazer-me uma espécie de serenata enquanto tomo banho.

E assim, com a porta do meu quarto aberta, fiz-lhe uma serenata com o *Largo* de Handel. Ouvia-o a cantarolar e a chapinhar na casa de banho, mesmo ao lado. Eu estava a tocar tão bem, tão absorta, que de início não reparei que a minha mãe estava parada em frente da porta do meu quarto. Pareceu-me que já devia ali estar a ouvir há um bocado. Quando parei de tocar, disse-me:

— Tocas tão bem, Cessie. Quando queres, tocas tão bem — aproximou-se e sentou-se na minha cama. — Não sei bem o que tenho, mas não me sinto em mim. Foi do choque, penso eu. Não sei explicar. É como se alguém tivesse vindo do além — sentei-me ao lado dela. Pareceu-me que era isso que ela queria. — *É* ele, eu sei — continuou. — Vejo o teu pai no rosto dele, nos seus gestos. Há coisas em que não se pode fingir — e agarrava o próprio corpo com os braços. — Talvez sinta receio.

— Dele?

— Não, claro que não. Daquilo que possa acontecer quando o teu pai chegar a casa. Não entendo. Não sei mesmo o que pensar. De vez em quando, o teu pai falava da mãe e, muito raramente, também do padrasto. Mas ao longo de todos estes anos que o conheço acho que nunca o ouvi falar uma única vez do seu verdadeiro pai. É como se nunca tivesse existido, como se nunca tivesse tido qualquer importância. Talvez eu devesse ter perguntado, mas sempre achei que... bem... que era um domínio proibido, quase como se houvesse algo a esconder, algo que ele não quisesse recordar. Não sei, não sei; o que sei agora é que a qualquer momento o teu pai pode entrar em casa, e eu vou ter de lhe contar que o pai dele está cá. Vai ter uma grande surpresa, mas não sei bem que tipo de surpresa.

— Eu conto-lhe, se quiseres — e quando me ofereci não foi apenas para a ajudar, foi porque queria assegurar a minha presença quando ele soubesse, queria ter a certeza de que essa não seria uma daquelas ocasiões privadas, em que eles iam os dois para o jardim discutir coisas importantes com um ar muito sério. Popsicle pode ser o pai do meu pai, mas afinal de contas trata-se do meu avô, e não do avô deles.

A mãe pousou a mão sobre a minha.

— Vamos contar-lhe as duas, está bem?

Foi nesse momento que ouvimos a porta da frente a abrir-se, e depois a bater. O meu pai batia sempre com a porta. Fazia parte do seu ritual de chegar a casa. A seguir atirava com as chaves do carro.

21

— Está alguém em casa? — Ouvimos as chaves do carro a aterrar em cima da mesa da entrada. — Está alguém em casa? Não sei qual das duas estava a apertar com mais força a mão da outra, quando passámos pelo patamar junto à porta da casa de banho. Descemos as escadas lado a lado e dirigimo-nos à cozinha, de mãos dadas. O pai estava de costas voltadas para nós. Estava junto ao lava-loiça a deitar uma cerveja para uma caneca. Voltou-se e bebeu dois grandes goles. Nunca tinha reparado que ele tinha as orelhas grandes, mas reparei então. Não consegui evitar um sorriso. A mãe tinha razão. Nele, podíamos ver o Popsicle. Claro que era mais novo, e não tinha aquele cabelo comprido e amarelo, mas eram muito parecidos.

Reprimiu um arroto e deu uma palmada no peito.

— Desculpem. Tinha a garganta muito seca.

— É por teres de falar tanto — disse a minha mãe, aclarando nervosamente a voz.

— Que se passa? — perguntou ele, olhando para uma e depois para a outra. Nós olhámos para trás. — Não se passa nada, é isso? Estás bem, Cessie?

Desviei o olhar. A mãe começou a levantar a mesa, muito atarefada. Não era muito boa actriz.

— Bem, estou a ver que não queres tomar chá, visto que já bebeste uma cerveja.

O meu pai estava a olhar para a mesa. Estava a contar as canecas, de certeza.

— De qualquer modo, parece que já nem há chá. Tiveram convidados, foi?

Sorri sem vontade. Não conseguia encontrar palavras.

— A Cessie esteve a estudar violino — começou a minha mãe a dizer, só para não ficar calada. — E devo dizer que tocou lindamente o *Largo*.

Estava debruçada sobre a mesa, limpando-a, mas com demasiado entusiasmo. Eu observava-a e vi que não seria capaz nem de erguer os olhos para ele, quanto mais de lhe contar as novidades. Eu estava ansiosa por fazê-lo, mas não sabia como começar. Não encontrava as palavras. Não podia revelar tudo de repente. Não podia dizer: «O teu pai, desaparecido há tanto tempo, voltou para te ver. Está lá em cima a tomar banho, com o Patsy.»

Ainda estava à procura da melhor maneira de lhe contar, quando ouvi a porta da casa de banho a abrir-se, e passos lentos e pesados a descer as escadas.

— Quem está cá? — perguntou o meu pai, pousando a cerveja. Ele tinha agora a certeza de que havia uma espécie de conspiração no ar.

— Estão aí? Estão na cozinha? — Popsicle não parou de falar enquanto desceu as escadas e atravessou o vestíbulo em direcção à cozinha. — As roupas estão óptimas. O casaco é que tem as mangas um bocadinho compridas. Posso parecer um velho espantalho, mas pelo menos agora estou um espantalho limpo e quente. Muito quentinho. Há muitos anos que não tomava um banho tão bom. E podem ter a certeza que já há muito tempo não tomava banho com um pato. Por sinal, um animal muito simpático. Faz-nos companhia. E está sempre a debicar qualquer coisa.

A porta da cozinha abriu-se. O meu pai olhou para o pai dele. O meu avô olhou para o filho.

3

RAPAZES DA CASA BARNARDO

Popsicle avançou arrastando os pés, hesitante, estendendo a mão à medida que se aproximava, mas o meu pai não a agarrou, não a princípio. Mesmo quando o fez, vi perfeitamente que não tinha a menor ideia de quem era a mão que apertava. Mas sabia que devia saber. Estava a precisar de ajuda. Precisava que alguém lhe dissesse quem era aquele homem. Por isso eu disse-lhe.

— É o teu pai — declarei sem rodeios. Parecia ser a única maneira.

— Não me reconheces, pois não, Arthur? — e Popsicle continuou a segurar a mão do meu pai por mais algum tempo. — Como é que havias de me reconhecer? Foram quase cinquenta anos. Da última vez que te vi foi em Bradwell, na aldeia. Estavas a entrar para uma camioneta do outro lado da estrada, ao pé da igreja, era uma camioneta verde, ainda me lembro. Tu e a tua mãe estavam de partida para irem viver em Maldon, mais a sul, junto à costa. Tu olhavas pela janela de trás e dizias adeus. Nunca mais te vi depois disso, nem à tua mãe.

O meu pai continuava sem dizer nada. Parecia estar numa espécie de transe, incapaz de se mexer, incapaz de falar. Eu nunca o tinha visto assim e por isso assustei-me.

A minha mãe tentava explicar:

— Ele ouviu-te na rádio, Arthur. E depois foi até à emissora. Viu o teu retrato na parede. E reconheceu-te logo. Não foi, Popsicle?

— Bradwell-on-Sea? — soou finalmente a voz do meu pai. Popsicle acenou afirmativamente.

— Lembras-te da casa, Arthur? Era junto ao cais, ao pé do *Green Man*. Era um bom bar, esse. Muito bom, mesmo.

O meu pai nada mais acrescentou. O silêncio tornava-se pesado e embaraçoso. Acho que eu tinha estado a antever um encontro com muita alegria, grandes abraços, talvez até lágrimas de felicidade. Mas isto não esperava. O meu pai costumava ser tão espontâneo. Isto não tinha nada a ver com a maneira de ser dele.

— Se calhar eu não devia ter vindo, Arthur — disse por fim Popsicle. — Pelo menos sem te ter avisado. Talvez devesse ter-te escrito uma carta. Bem, acho que então é melhor ir-me embora. E dirigiu-se para a porta.

— Nada disso — afirmou a minha mãe. Segurava o braço de Popsicle. — Ninguém vai a lado nenhum. Se este homem é quem ele diz ser, então não são apenas vocês os dois as únicas pessoas que têm a ver com o assunto. Tem também a Cessie, e tenho eu — e quase obrigou Popsicle a sentar-se numa cadeira da cozinha. Depois colocou-se por detrás dele, de pé, com as mãos nos seus ombros, e voltada para o meu pai.

— Bem, Arthur, precisamos de saber. É ou não é o teu pai?

O meu pai demorou um pouco antes de responder:

— Sim — disse em voz baixa, tão baixa que mal consegui ouvi-lo. — Recordo-me da camioneta. O vidro estava embaciado e tive de o limpar com a mão para conseguir ver. Não estava propriamente a dizer adeus.

— Talvez seja melhor a Cessie e eu sairmos as duas para vos deixarmos a sós durante algum tempo. Certamente devem ter muitas coisas a dizer. Vamos embora, Cessie.

Eu não tinha vontade nenhuma de ir, mas parecia que não havia outra hipótese. Estava a ser levada pela porta fora quando o meu pai nos chamou.

— Não saiam — disse ele, de uma maneira que me fez perceber que precisava de nós.

A minha mãe foi a alma dessa primeira reunião em volta da mesa da cozinha. Foi buscar a aguardente de abrunho.

— É só para as ocasiões muito especiais, e para pessoas muito especiais — comentou, enquanto abria a garrafa. — Já tem cinco anos. Deve estar no ponto. Não é todos os dias que um pai aparece assim, de repente.

— Nem um avô — acrescentei.

Deixaram-me provar a aguardente, mas só um gole. Popsicle esvaziou o copo de uma só vez e declarou que era «magnífica». O meu pai observava-o, perscrutando-o sem parar, mas decorreu muito tempo antes de dizer uma palavra.

— Eu voltei lá — anunciou, subitamente. Estava a olhar para o copo. Ainda não tinha bebido uma gota.

— Lá onde? — perguntou Popsicle.

— A Bradwell. À nossa casa.

— Para quê?

— Fui à sua procura. Quando a mãe morreu, eu fugi para lá. Mas não o encontrei. Perguntei por si no bar, mas disseram-me que se tinha ido embora, anos antes.

— Ela morreu, Arthur? A tua mãe morreu?

— Há muito tempo — respondeu o meu pai.

— Nunca soube disso, Arthur. Juro por Deus, nunca soube — e o seu rosto, subitamente, pareceu muito abatido e exausto. — Mas quando? E como?

— Tinha eu dez anos. Foi num acidente de barco. Morreram os dois afogados, ela e o Bill. Ninguém sabe o que aconteceu, nunca se soube bem. Houve quem procurasse por si. Bem, pelo menos foi o que me disseram, mas ninguém conseguiu encontrá-lo. Mandaram-me para um asilo, um asilo de crianças. Também não podiam fazer mais nada, acho eu. Foi então que fugi para Bradwell. Mas eles apanharam-me. E levaram-me outra vez para lá. Para a Casa Barnardo, ficava junto ao mar. Não era bem um lar, mas também não era assim tão mau — bebeu um gole de aguardente de abrunho e depois prosseguiu, olhando directamente para o Popsicle, que estava do outro lado da mesa. — Sabe o que eu fazia às vezes? À noite, no Verão, sentava-me no muro de tijolo junto ao portão e ficava ali à sua espera. Pensava mesmo que um dia havia de lá ir buscar-me para me levar consigo. Tinha a certeza disso.

Subitamente, Popsicle pareceu ficar com falta de ar. Agarrou-se à mesa para se apoiar.

— Sente-se bem? — perguntou a minha mãe, baixando-se junto dele.

— Estou bem, sim — respondeu.

— Tem a certeza?

Popsicle pôs a mão no pescoço.

— Há coisas estranhas — comentou. — Seria engraçado, se não fosse tão triste. Parece que é sina da família. Pai e filho, ambos estiveram na Casa Barnardo. Há coisas estranhas, não há dúvida.

E, sem qualquer aviso, tombou para a frente, caindo da cadeira. Bateu com a cabeça contra a esquina da mesa e estatelou-se aos meus pés com um terrível baque surdo. Imediatamente vimos sangue no chão.

Eu sempre desejara ir de ambulância para o hospital, a toda a pressa. Quando torci o tornozelo tinha ido de automóvel e não houvera nenhum drama, nada de excitante. Mas com Popsicle a situação era outra. A ambulância chegou a nossa casa, com as luzes a piscar e a sirene a tocar. Os paramédicos, vestidos com batas verdes, precipitaram-se para dentro da nossa casa. Lutavam para salvar uma vida, mesmo ali à frente dos meus olhos.

Enquanto ele ali esteve, inanimado no chão da cozinha, o rosto com a cor perdida, parecia mesmo que Popsicle estava morto. Eu não conseguia detectar nenhum sinal de respiração. E havia tanto sangue. Os paramédicos tomaram-lhe o pulso, auscultaram-no, deram-lhe uma injecção e puseram-lhe uma máscara na cara. Foram sempre dizendo que não nos preocupássemos, que tudo havia de correr bem.

Levaram-no numa maca para a ambulância que esperava lá fora, onde se ouvia continuamente o ruído de mensagens através da rádio, e onde se tinha juntado pelo menos uma dúzia de vizinhos nossos. Estava lá a Mandy Bethel, que era perita em espalhar todos os mexericos lá na escola, por isso eu sabia que a notícia depressa correria pelas redondezas. O senhor Goldsmith, nosso vizinho do lado, também lá estava. E a senhora Martin, que morava do outro lado da rua, e que poucas vezes me dirigia a palavra, pôs o braço em volta dos meus ombros e perguntou-me quem é que estava doente.

— É o meu avô — respondi, toda orgulhosa e também em voz muita alta, para que todos pudessem ouvir.

Então subimos também para a ambulância e seguimos com ele a grande velocidade, com a sirene a tocar. Só tive pena de terem fechado as portas, porque gostava de ter visto as caras deles durante mais algum tempo, principalmente a da Mandy Bethel. De repente senti-me muito importante, muito no centro das atenções.

Foi só quando já estava dentro da ambulância a olhar para Popsicle, pálido como morto sob o cobertor escarlate, é que compreendi que não se tratava de uma encenação. Foi de repente que me apercebi da gravidade da situação e de que não queria que Popsicle morresse. Eu não costumava rezar, só quando precisava mesmo. E precisava agora, e muito. Acabara de encontrar um avô, ou de ter sido encontrada por ele, e não queria perdê--lo. Por isso, sentada na ambulância, pus-me a rezar, com os olhos muito fechados. A minha mãe pensou que eu estava a chorar e abraçou-me. Foi nessa altura que começou a deitar as culpas a si mesma.

— Se calhar foi por causa do banho — dizia ela. — Talvez eu não devesse ter dito para ele tomar banho. Talvez devêssemos ter feito por aquecê-lo mais lentamente — fez uma pausa. — Estava completamente encharcado, estava a tremer de frio. E deixei-o ali ficar tanto tempo sentado, todo molhado.

— Não foi por tua causa — disse o meu pai. — O culpado fui eu. Não devia ter-lhe contado aquilo sobre a minha mãe, pelo menos assim tão de repente. Não pensei.

Ficámos sentados na sala de espera do serviço de urgência do Hospital St Margaret até às primeiras horas da manhã. Da outra vez que eu lá tinha estado, quando fiz o entorse no tornozelo, havia muita agitação, muitos casos na urgência, que prendiam todo o meu interesse. Desta vez quase não havia ninguém para me distrair. Eu tentava não pensar no Popsicle. Continuava a imaginá-lo deitado sob um lençol branco sem respirar, sem se mexer. Dei uma vista de olhos a todas as revistas *Hello!*, *National Geographics* e *Reader's Digest* que por ali estavam, mas não conseguia concentrar-me em nenhuma delas. Os meus pais permaneciam ambos sentados com uma expressão sombria, pareciam estátuas de pedra, e não falavam um com o outro, nem comigo.

Não tínhamos jantado e eu estava cheia de fome. Pedi uns trocos à minha mãe e fui até à máquina de vender alimentos. Não havia muito por onde escolher. Tirei uma *Coca Cola*, um pacote de bolachas de chocolate e dois pacotes de aperitivos com queijo e cebola. Já estava a sentir-me um bocado maldisposta quando a médica finalmente veio ao nosso encontro.

Era bastante mais nova do que eu imaginava que os médicos pudessem ser. Vestia calças de ganga e uma *T-shirt* por baixo da bata branca, e mexia distraidamente no estetoscópio que trazia pendurado ao pescoço, como se fosse um colar. Dirigiu-me um sorriso animador, e eu soube então que as notícias iam ser boas. Afinal, Popsicle não ia morrer. Eu não ia perdê-lo. Apeteceu-me gritar de alegria, mas não podia, estava num hospital.

— Como está ele? — perguntou a minha mãe.

— Estável. Pensamos que deve ter tido uma trombose, mas uma trombose ligeira. Gostaríamos de o manter aqui internado durante algum tempo, em observação. Vamos fazer-lhe alguns exames. Se estiver tudo bem, poderá ir para casa dentro de algumas semanas. Ele vai depois precisar que olhem por ele. Vive convosco, não é?

— Não propriamente — respondeu o meu pai. — Não é bem assim.

A minha mãe dirigiu-lhe um olhar muito significativo.

— Bem — continuou o meu pai —, talvez sim. De qualquer modo, por agora sim.

A médica olhava para um e depois para o outro, meio confusa.

— Parece-me que ele perdeu parcialmente o movimento do lado direito. Mas com o tempo irá recuperando. Para um homem da sua idade, parece ter uma constituição muito robusta. Está muito bem conservado. Mas há outra coisa. Tem um ferimento grave na cabeça, fez duas fracturas no crânio. Por enquanto ainda não sabemos até que ponto isso poderá afectá-lo, se é que vai afectar. Mas é mais um motivo para o manter sob vigilância.

— Podemos vê-lo? — perguntei.

O *bip* da médica começou a apitar.

— Não me dão tréguas — lamentou-se. — A senhora enfermeira vai mostrar-vos o caminho.

Observei-a enquanto se afastava pelo corredor e decidi que, se não chegasse a ser violinista de orquestra, ou não fosse uma navegadora solitária a viajar por todo o mundo, então havia de ser médica como ela — quem sabe.

Popsicle estava deitado numa cama rodeado de uma quantidade de monitores e frascos de soro. Tinha um tubo enfiado no nariz e outro no braço. O cabelo parecia dourado, em contraste com a brancura das almofadas. Tinha um penso muito largo de um lado ao outro da testa, e uma nódoa negra em volta de um olho. Não era uma visão muito agradável, mas pelo menos já não apresentava aquela palidez terrível. Estava a dormir e respirava profunda e regularmente, com a boca aberta. Deve ter sentido que estávamos ali. Abriu os olhos. Durante alguns momentos percorreu-nos aos três com o olhar. Parecia não saber quem éramos.

— Não quero ir para lá — murmurou, olhando em volta. Estava mais que confuso, estava assustado, e também agitado. — Não para lá. — As suas palavras não faziam sentido.

— Sou eu, a Cessie. Está tudo bem. Sofreu um acidente. Está no hospital. Mas está tudo bem.

Quando me ouviu pareceu acalmar, e um súbito sorriso surgiu no seu rosto.

Ele reconheceu-nos. Reconheceu-me. Fez-me sinal para que me aproximasse. Debrucei-me sobre ele. Estava tão próxima que sentia a sua respiração na minha cara.

— Vê lá tu o que pode acontecer-nos quando comemos demasiadas bolachas de chocolate digestivas.

— Foi da aguardente de abrunho — respondi-lhe, e ele conseguiu esboçar um sorriso.

A minha mãe estava ao meu lado, segurando a mão dele.

— Passou por um mau bocado — disse ela. — Falava devagar, mas com firmeza e em voz alta, como se ele fosse surdo. — A médica disse que vai ficar completamente bem. Amanhã voltamos cá para o ver, está bem?

Popsicle ergueu a mão e tocou na testa.

— Bateu com a cabeça quando caiu — explicou-lhe ela. — E também ficou com o sangue pisado, tem um olho negro. Mas vai ficar bem, Popsicle, vai ficar óptimo.

Ele estava a olhar para o meu pai, tentando levantar a cabeça, tentando dizer-lhe alguma coisa.

— Popsicle. Lembras-te, Arthur? Era como me tratavas quando eras pequeno. Lembras-te?

— Sim — respondeu o meu pai.

— E nessa época também tinhas as orelhas grandes.

— Tinha?

— E ainda tens — deu uma pequena gargalhada, e imediatamente ficou a dormir.

O meu pai continuou ali de pé, a olhar para ele. Inclinou-se, pegou na mão de Popsicle e pousou-a ternamente sobre o lençol. Tinha umas mãos tão enrugadas, tão envelhecidas.

— Vamos para casa — disse. E voltou-se, caminhando em direcção à saída da enfermaria sem dizer mais nenhuma palavra.

Quando chegámos a casa já a noite ia no fim, mas passei o que dela restava sem conseguir dormir. Não conseguia parar de pensar em tudo o que acontecera nesse dia. Mas sabia, ali deitada na cama, que a minha vida sempre igual tinha chegado ao fim, que a partir de agora tudo seria diferente. Popsicle tinha surgido do nada, inesperadamente, para passar a ser o meu avô; e nada nem ninguém seria ou poderia voltar a ser como era dantes.

4

O PAI PRÓDIGO

Depois disso, tudo aconteceu muito depressa. No hospital não queriam manter o Popsicle internado, pelo que tivemos de tratar de muitas coisas, em muito pouco tempo. O quarto de hóspedes estava a precisar de uma mão de pintura, bem como de cortinas novas. Colocámos um aparelho de rádio junto à cama dele, um televisor em cima da cómoda, e levámos uma das poltronas da sala, para que ele pudesse sentar-se ao pé da janela a olhar para o jardim.

O meu pai participou muito pouco em toda esta actividade, na verdade pouco parava em casa. O que ele fez foi, por sugestão da minha mãe, acrescentar umas pernas a um tabuleiro de madeira, para que o Popsicle pudesse comer na cama, se fosse necessário. E demorou bastante tempo para fazer esse arranjo, porque se enfiava horas a fio no depósito de ferramentas do quintal, onde costumava fazer os seus trabalhos de carpintaria — de marcenaria, como ele chamava. Mas sempre que de lá saía parecia distante, pouco à vontade. E se eu lhe fazia alguma pergunta sobre o Popsicle — e fazia muitas vezes, assim como a minha mãe — ele limitava-se a encolher os ombros e a dizer que tudo isso se passara há muito tempo. Houve depois a discussão por causa da manta de retalhos.

Foi na manhã do dia em que devíamos ir buscar o Popsicle ao hospital. A minha mãe e eu estávamos lá em cima no quarto que ele ia habitar e eu estava a ajudá-la a pôr na cama essa colcha antiga de família, feita de retalhos. Ficava mesmo bem naquela cama.

— Já é de 1925 — disse ela, mostrando-me a data bordada num dos cantos. — Do ano em que o Popsicle nasceu, se as minhas contas não estão erradas. É muito bonita, não é, Cessie? — recuou um pouco e olhou o quarto em volta. — Quero que tudo seja especial para ele, Cessie. Muito especial.

Foi nesse momento que o meu pai entrou no quarto e imediatamente reparou na manta.

— Não achas que estás a exagerar um bocado? — perguntou. — Sempre disseste que essa manta era demasiado boa para andar a uso. Uma peça única, como dizias. Que fazia parte da história da tua família. Ele vai entornar comida por cima dela. É evidente que vai. E vai estragá-la.

— Que se passa contigo, Arthur? — perguntou a minha mãe.

— Trata-se do teu pai! De fazer com que ele se sinta bem cá em casa. Não queres que ele se sinta cá bem? — Não esperou que ele respondesse. — Bem, pelo menos eu quero. Esta manta é uma relíquia da *minha* família, foi feita pela *minha* tia-avó, e eu quero pô-la na cama dele — tocou-lhe no braço quando passou por ele para ir abrir a janela. — Vá lá, Arthur. Eu só quero é que ele se sinta bem-vindo, só isso. Sabes, tal como na parábola do vitelo gordo e do filho pródigo.

— Com uma grande diferença — comentou o meu pai. — Aqui não é o filho pródigo que regressa a casa, é o pai pródigo. E nós mal o conhecemos. Tu não o conheces. Eu não o conheço. Só acho que estás a arranjar coisas de mais para ele.

A minha mãe olhava-o de uma forma insistente e dura. Eu conhecia esse olhar, e o meu pai também. Ele virou costas.

— Hoje devo chegar tarde — disse à saída.

— Nem sequer vais estar cá quando o trouxermos? — ainda lhe lançou a pergunta.

Mas ele não respondeu.

O meu pai não estava em casa quando chegámos com o Popsicle, ao fim da tarde. O Popsicle nunca perguntou onde é que ele estava, por isso não precisámos de arranjar quaisquer desculpas, explicações ou mentiras.

— Ele deve estar muito ocupado com o seu trabalho — foi a única coisa que comentou. Mas vi o seu olhar, e percebi como se sentia magoado, desapontado.

Popsicle passou aqueles dez primeiros dias da sua convalescência no quarto que passara a ser o seu. Dormia muito, quer recostado nas almofadas da cama, quer na poltrona junto à janela. Com a cabeça ligada, parecia menos aquele chefe Viking que eu conhecera primeiro, assemelhando-se mais a um guerreiro Apache. Tomava as refeições lá em cima, e a casa de banho era mesmo ao lado do seu quarto, por isso nunca precisava de descer as escadas.

33

Sempre que o meu pai não estava — o que era frequente nessa altura — nós os três seguíamos a nossa própria rotina. A minha mãe cozinhava. Eu transportava os tabuleiros para cima e para baixo. Eu cortava a comida do Popsicle e ela ajudava-o a tomar banho, porque ele quase não movia o braço direito, embora já conseguisse caminhar sem ajuda. Eu tocava violino sempre que ele me pedia, o que fazia muitas vezes.

— Gosto muito de ouvir boa música — dizia ele. — Scott Joplin, George Formby, Vera Lynn, Elvis, os Beatles, basta tu dizeres o nome da música e eu canto-a. Conheço-as todas, da rádio.

Depressa descobri que admirava especialmente os Beatles. Entoava-me uma das suas canções. Eu treinava-a no violino e depois tocava-a para ele ouvir. *Yesterday, Yellow Submarine, Norwegian Wood* — ensinou-mas todas, e depois acompanhava-me cantando-as, assim que eu apanhava a melodia. Para falar com rigor isto não era estudar violino, mas eu considerava-o como tal — além de que era muito mais divertido.

Outras vezes, porém, sentia-se satisfeito ficando apenas sentado na sua poltrona durante horas, a observar as carriças esvoaçando pelo jardim ou as andorinhas descendo em voo picado para beber água no tanque dos peixes-dourados. Observando-os com ele, em poucos dias aprendi mais sobre pássaros do que jamais aprendera em toda a minha vida.

Mas quer se tratasse de observar os pássaros quer da música dos Beatles, quando chegava o momento dos programas de rádio do meu pai tudo o mais ficava para trás. Tínhamos-lhe prometido que íamos sempre lembrar-lhe quando fossem horas, e até que o acordaríamos se ele estivesse a dormir.

A rádio tinha de ser ligada um bom bocado antes de começar o programa, para ele ter a certeza de que não perdia o início. Era o ponto alto dos seus dias. Bastava-lhe ouvir a voz do meu pai e todo o seu rosto resplandecia de orgulho.

Eu só desejava que o meu pai estivesse mais vezes em casa, por causa do Popsicle, mas também por mim. Ele nunca mais tinha vindo ouvir-me tocar violino. Parecia que já não estava interessado. A minha mãe dizia que ele andava demasiado cansado, que trabalhava de mais, mas eu sentia que havia algo mais além disso.

O Dr. Wickens vinha frequentemente a nossa casa para observar o Popsicle, e todos os dias vinha uma enfermeira para lhe mudar o penso da cabeça. Havia também com frequência conversas confidenciais e em voz baixa quando a minha mãe, ou o meu pai, ou ambos, os iam acompanhar lá fora até ao portão, mas sempre de maneira a não serem ouvidos. Pela expressão dos seus rostos e pela relutância de todos em responder às minhas perguntas, sabia que alguma coisa não estava bem, mas não fazia ideia do que fosse. Também não estava muito preocupada, porque o Popsicle já tinha começado a sair de casa e a dar pequenos passeios, cada vez com mais frequência. Também já conseguia usar mais o braço, isso era evidente, e andava sempre a subir e a descer as escadas.

O Dr. Dickens tinha recomendado exercícios ligeiros; mas que ele não apanhasse frio. Por isso, agora diariamente, com o Popsicle bem embrulhado no seu casaco, e com o meu cachecol a que ele chamava *Rupert Bear*, íamos os dois caminhando lentamente pela rua abaixo, até ao parque. Não ficava longe. A minha mãe obrigou-o a usar uma bengala, afirmando que três pernas oferecem muito mais firmeza, e segurança, do que duas. O Popsicle não gostava, mas lá a usava.

A princípio eu detestava estes passeios. Estava sempre com medo de dar de caras com a Shirley e a Mandy, que me atormentavam na escola; mas a partir do momento em que descobrimos os patos, esqueci-me completamente delas. O Popsicle adorava patos. Para os atrair, imitava o seu grasnar de uma maneira fantástica, era impossível distingui-lo do verdadeiro grasnar das aves. Sentávamo-nos os dois no banco, e ficávamos à espera até estarmos completamente rodeados e ensurdecidos por um coro de grasnidos roucos. Quando ele já tinha a certeza de que estavam lá todos, enfiava a mão no saco de côdeas que trazia e lançava-as para tão longe quanto podia, em direcção ao lago. Achava imensa graça ao vê-los ir atrás das côdeas e detestava ter de se vir embora quando chegava a hora de regressar. «Voltamos amanhã» — dizia ele. E voltávamos sempre.

Ele também gostava muito do jardim. Quando não estava frio íamos muitas vezes dar com ele lá, a apanhar as ervas daninhas que cresciam por entre as pedras ou a varrer o relvado. Dizia que gostava de estar ocupado.

Mas eu reparava que nos últimos dias andava mais metido consigo, como se estivesse mergulhado nos seus pensamentos e não conseguisse libertar-se deles. Muitas vezes fui encontrá-lo sentado na sua poltrona com um olhar fixo e vazio. Às vezes nem dava por mim, só quando eu falava.

Se ele estava a cismar, pensava eu, talvez tivesse boas razões para isso. O meu pai praticamente nunca falava com ele, a não ser que fosse mesmo preciso. Sempre que estavam os dois na mesma divisão da casa, havia um ambiente pouco confortável. Com demasiada frequência, o meu pai lembrava-se de repente de que tinha um assunto muito importante a tratar. Quando saía de junto dele, via-se perfeitamente na expressão do Popsicle que se sentia magoado.

Só algum tempo mais tarde é que eu vim a descobrir o que se estava a passar. Mais uma vez o meu pai tinha chegado tarde a casa. Devem ter pensado que eu já estava a dormir, mas não estava. O Popsicle tinha desligado a rádio do seu quarto, por isso eu conseguia ouvir distintamente todas as palavras que eles diziam lá em baixo, na cozinha.

— Mas já lhe perguntaste outra vez? — era a voz do meu pai.

— Não posso estar sempre a perguntar-lhe a mesma coisa, Arthur. Ele fica aborrecido. E, além disso, não vai servir de nada. Não é por lhe perguntar que ele vai lembrar-se. Tens de aceitar as coisas. Sabes muito bem o que disse o doutor Wickens. Não foi a trombose que provocou isso. Ele já explicou tudo. O nosso cérebro é como uma gelatina, um pudim, que tem o crânio a protegê-lo. Se dermos uma pancada muito violenta no crânio, se o cérebro bater contra o interior do crânio, podemos sofrer uma lesão grave, um hematoma, um derrame, seja o que for. E o resultado pode ser uma perda de memória, temporária ou não. Por isso não é de estranhar que o Popsicle não consiga lembrar-se de muitas coisas. Se ele diz que não se lembra onde é a casa dele, em que cidade, ou seja lá o que for, eu acredito nele. E não consigo compreender por que motivo tu não acreditas.

— Muito bem, então explica-me lá como é que ele ainda se lembra de Bradwell? Responde-me. Pelo que tenho visto, ele recorda-se de todas as pessoas dessa época. E isso foi há quarenta ou cinquenta anos. No entanto, não é capaz de se lembrar onde é que vivia antes de vir até aqui, há quatro semanas. Não concordas que isto é um bocado estranho?

— Não. A minha memória também já falha tantas vezes, e ainda só tenho trinta e seis anos, e nem sequer fracturei o crânio em dois sítios. Mas tu não querias dizer «estranho», pois não, Arthur? Querias dizer conveniente. Porque não chamas as coisas pelos seus nomes? Não queres é que ele cá esteja, não é assim?

— E o que é que tu esperavas? Para mim ele é um estranho. Não o conheço — estava agora quase a gritar. Percebi que a minha mãe estava a fazer-lhe sinal para que baixasse o tom de voz. — Ouve — continuou ele, no mesmo tom —, digamos que tens razão, que ele *realmente* perdeu a memória, o que eu duvido, e quem é que pode dizer se alguma vez vai recuperá-la? Quem é que pode dizer se ele se vai lembrar onde é que mora? Não pode continuar a viver aqui para sempre, não achas?

— Não sei por que não. Ele nem dá muito trabalho. E, além disso, tu ultimamente nunca estás em casa. O que é que se passa contigo?

Essas palavras deixaram-no calado durante um bocado. Mas a minha mãe ainda não tinha terminado.

— Por amor de Deus, Arthur. Ele é um velho. Não tem mais ninguém, tanto quanto sabemos, e não tem para onde ir. Depois de todos estes anos encontrou o filho e tu encontraste o teu pai. Será que isto não significa nada para ti?

O meu pai estava agora a falar muito mais calmamente, por isso tive de me levantar da cama e encostar o ouvido ao soalho para conseguir ouvi-lo.

— É claro que significa — dizia ele —, mas nem sei bem o quê, é só isso — parou por uns instantes. — Ouve, há coisas que tu desconheces, coisas que nunca te contei.

— Que coisas?

— O que a minha mãe me contou a respeito dele. Ela disse-me que ele às vezes ficava transtornado. «Transtornado de tristeza», como ela dizia. Tão depressa andava animadíssimo, como ficava completamente em baixo. E era um bocado vadio, não conseguia aguentar-se muito tempo no mesmo emprego, estava sempre a arranjar sarilhos, bebia de mais, sabes como é. A minha mãe não queria deixá-lo. Mas foi obrigada a fazê-lo. Foi o que ela me contou, e eu acredito. Não lhe pedi que ele viesse para

37

aqui, pois não? Ele apareceu sem mais nem menos, e agora vem com essa história fantástica de que não se lembra de onde veio, nem onde mora. E tu acreditas nele, nem pões em dúvida! Pois eu não acredito. E talvez agora entendas porquê. Bem, por hoje já me chega. Vou deitar-me.

Ouvi a porta da cozinha a abrir-se e depois os passos do meu pai na escada. Senti-me tentada a ir ter com ele e enfrentá-lo logo, a dizer-lhe o que pensava a seu respeito. Mas não tive coragem. Ouvi a minha mãe a chorar lá em baixo, na cozinha. Sempre que ela chorava, eu chorava também. Não conseguia evitá-lo. Chorei com a cabeça enfiada na almofada, não só por solidariedade para com ela mas também porque estava furiosa. Nessa noite odiei o meu pai por a ter feito chorar e por ter dito o que disse a respeito do Popsicle. Mal consegui dormir. Fiquei para ali deitada, com a cabeça cheia de dúvidas e de maus pressentimentos.

Quando a manhã chegou já tinha decidido averiguar em que medida era verdade tudo aquilo que tinha ouvido. Ia falar com o Popsicle e descobrir por mim mesma exactamente aquilo que ele conseguia recordar, e o que não conseguia. Ia procurar fazer isso de maneira a não o perturbar. Como se fosse por acaso, em conversa.

Na manhã seguinte estávamos os dois sozinhos no quarto dele. Eu estava a ajustar o arco do meu violino.

— Antes de vir para aqui, Popsicle — comecei, com um ar tão natural quanto possível —, onde é que vivia?

— Ah — exclamou ele —, também tu!

Imediatamente desejei não ter feito aquela pergunta.

— Então eles contaram-te. Tinha-lhes pedido que não o fizessem. Não queria que ficasses preocupada — suspirou.

— Quem me dera saber, Cessie, mas não sei. Juro-te que não sei. Não me lembro. Lembro-me de ter batido à porta da frente. Lembro-me de te ver a descer as escadas, e também me lembro do Patsy no banho. E é tudo. Lembro-me de certas coisas passadas há muito tempo: Bradwell, e a Cecilia, e o pequeno Arthur, e é tudo. Vivemos alguns bons momentos, Cessie, bons momentos, acredita que sim. E as canções. Não sei porquê, mas há canções que me vêm à memória. *Yellow Submarine*, *Nowhere Man*, muitas outras. Lembro-me perfeitamente delas. E também dos

38

meus poemas, graças a Deus não os esqueci. Fazem-me bem. Mas quanto ao resto, Cessie, não me lembro de nada, de mais nada. É como se houvesse uma neblina à minha volta. Não estou a mentir-te, Cessie. Garanto-te que não.

Pensei em fazer mais perguntas, em ir mais longe, mas não fui capaz. Afinal já sabia o suficiente, o suficiente para saber que acreditava nele, que acreditava inteiramente nele.

Fiquei à espera que o meu pai chegasse a casa à noite, mais uma vez tarde. O Popsicle já tinha subido para se ir deitar. Eu tinha estado todo o dia à espera daquele momento, e agora o momento tinha chegado. Precipitei-me para a sala.

— Não é justo — exclamei já a chorar. — Não é justo. Eu ouvi o que disseste. Ontem à noite, ouvi o que disseste. O Popsicle não pode fazer nada. Caiu e bateu com a cabeça. Teve uma trombose. Não teve a culpa, pois não? — a surpresa deles dava-me vantagem. Estavam ambos a olhar para mim, espantados. — Ele nunca teria tido uma trombose se tu não tivesses...

— Cessie! — tentou a minha mãe interromper-me, mas eu estava tão furiosa que nada poderia deter-me naquele momento.

— Ele não está a fingir, pai. Tenho a certeza de que não está. Mas mesmo que estivesse, não me importaria. Gosto que ele cá esteja e quero que cá continue. Quero que fique cá para sempre, se assim o desejar. Odeio tudo isto... todo este clima que paira no ar. Sabes o que é que eu queria? Queria... queria que não fosses meu pai — e saí a correr, subindo para o meu quarto, e bati com a porta com toda a força de que fui capaz.

Eles deixaram-me sozinha durante alguns minutos, depois o meu pai veio ao meu quarto e sentou-se na minha cama. Continuei de costas voltadas para ele.

— Para ti não é fácil compreenderes o que se está a passar, Cessie — começou ele. — Também não é fácil para mim. Nunca tive um pai de verdade, sabes, nunca até agora. Tive um padrasto durante algum tempo, claro, mas não é a mesma coisa; e de qualquer modo, o Bill e eu nunca nos demos bem. Não sei como é que se lida com um pai, como é que se conversa com um pai. Tu tens de confiar em mim. Eu só quero o bem dele, garanto-te que sim. Mas nós não amamos um pai só porque ele é o nosso pai. Não podemos amar uma pessoa que não conhecemos, e eu não o conheço. Tens de me dar tempo, Cessie!

Eu ainda estava furiosa, demasiado furiosa para me voltar. Queria fazê-lo, mas não conseguia. Tinha dito coisas que não devia ter dito, e sabia isso. Ele inclinou-se e deu-me um beijo na nuca.

— Não sou nenhum malvado, Cessie — murmurou. Garanto-te que não! — e ao dizer «Garanto-te que não», falava tal e qual como o Popsicle.

Na manhã seguinte levantei-me tarde. Não se ouvia o som da rádio no quarto do Popsicle, por isso pensei que ele devia estar lá em baixo, já a tomar o pequeno-almoço. Mas fui encontrar a minha mãe sozinha na cozinha. Estava a servir-se do café quando eu entrei.

— Muito bem — comentou —, que linda cena a de ontem à noite!

— Lamento o que disse.

— Não, não lamentas nada — não estava zangada comigo, mas também não estava satisfeita. — O Popsicle já se levantou? — continuou. — Ele agora já está capaz de fazer quase tudo sem ajuda, excepto cortar a sua comida. É fantástico como tem recuperado daquele braço. Esperemos que o mesmo aconteça com a memória. Por favor vai lá acima ver se ele está bem, Cessie.

A porta da casa de banho estava entreaberta. Ele não estava lá dentro. Não houve resposta quando bati à porta do seu quarto. Entrei. A cama estava feita. A porta do roupeiro estava aberta. As suas roupas tinham desaparecido, bem como o casaco, e os sapatos não estavam ao pé da cama. Tinha-se ido embora. O Popsicle tinha-se ido embora.

5

O HOMEM VINDO DE LUGAR NENHUM

A minha mãe sentou-se na cama, apertando as fontes com as pontas dos dedos, e fechando os olhos por um momento para melhor se concentrar.

— Pensa — disse. — Temos de pensar.

Imediatamente me ocorreu uma ideia.

— Os patos — exclamei. — Talvez ele tenha ido dar de comer aos patos.

Precipitámo-nos pela escada abaixo. Descobrimos aquilo que esperávamos descobrir, que o saco onde guardávamos as côdeas de pão para os patos já não estava pendurado na porta da cozinha. Verificámos a seguir que a bengala também tinha desaparecido.

— Vou de carro — disse a minha mãe. — Tu ficas aqui, para o caso de ele voltar. Deve estar no parque, só pode ser. Não me demoro. E não fiques preocupada.

Mas ela *demorou-se* e eu *fiquei* preocupada. Pareceu-me que tinha passado muito tempo até regressar, mas quando o fez veio sozinha. Fui ter com ela à porta da frente. Trazia na mão a bengala do Popsicle.

— Ele esteve lá, mas já não está. Procurei por toda a parte. Deixou-a ficar no banco. E isto também — acrescentou, mostrando-me o saco das côdeas, que estava vazio. — Andei a perguntar por ele às pessoas. Ninguém o tinha visto. É como se tivesse simplesmente desaparecido.

— Não pode ter desaparecido! — exclamei a chorar. — Ninguém desaparece assim. Ninguém.

Estendeu a mão e fez-me festas no cabelo, carinhosamente.

— Tens razão, Cessie. Nós vamos encontrá-lo, juro-te que vamos. Tentei telefonar para o teu pai, para o emprego, mas ele tinha saído não sei para onde, para fazer uma entrevista qualquer. Também tentei para o telemóvel. Mas nada. Só há uma coisa a fazer. Vou à esquadra da polícia. É melhor tu ficares aqui.

41

Provavelmente, ele até vai chegar assim que eu sair. De nada serve ficares preocupada, Cessie. Vai estudar violino ou fazer qualquer outra coisa, para te distraíres. — E dizendo estas palavras, saiu. Tentei tocar violino. Tentei ler. Tentei ver televisão. Nada resultou. Era impossível não pensar em todas as coisas terríveis que podiam ter acontecido ao Popsicle. Podia ter tido outra trombose. Podia ter sido atropelado. Podia ter caído no canal. Ou talvez pudesse ter-se ido embora tão subitamente como tinha chegado, e nunca mais voltasse.

À medida que os minutos passavam, parecendo horas, cada vez me convencia mais de que era isso o que tinha acontecido. Talvez ele de repente se tivesse lembrado onde é que morava e tivesse voltado para casa. Embora este pensamento me causasse uma enorme tristeza, consolava-me a mim própria dizendo que pelo menos não estava ferido, pelo menos não estava morto.

A minha mãe chegou finalmente, e vinha fora de si de tão indignada que estava.

— Se fosse uma criança, eles já andariam por aí à sua procura, com cães, helicópteros, eu sei lá. «Há quanto tempo é que ele desapareceu?», perguntou-me o polícia. «Pode ser que só tenha ido dar uma volta. Às vezes fazem isso. E nós não podemos ir à procura de todas as pessoas de idade que resolvem ir dar uma volta maior que o costume, ou a senhora acha que podemos?» Se soubesses como me irritei com ele! Até que, por fim, acabou por me dizer: «Muito bem. Vamos esperar uma ou duas horas e se ele ainda não tiver voltado então vamos procurá-lo, está bem assim? Entretanto, vou pedir aos meus agentes que se mantenham atentos, minha cara senhora.» Eu dou-lhe a cara senhora! Bem, já que eles não o procuram, vou eu procurá-lo. Vou dar uma volta de carro por toda a cidade, até o encontrar. Ele não pode ter ido longe. E quero que fiques aqui, Cessie, e que tentes telefonar ao teu pai, continua sempre a tentar. Estamos entendidas? — e, apesar de todos os meus protestos, saiu a correr, deixando-me outra vez sozinha em casa.

Fui tentando falar com o meu pai sucessivamente, tanto para o emprego como para o telemóvel. Quando por fim me atendeu, deixou-me um bocado surpreendida.

— O Popsicle desapareceu — disse-lhe. — Desapareceu, e nós não conseguimos encontrá-lo.

Ele não pronunciou uma palavra, por isso contei-lhe o resto. Mesmo depois de já lhe ter contado a história toda, continuou calado.

— Pai? Estás a ouvir-me?

— Estou.

— A mãe anda por aí à procura dele — repeti. — E a polícia não faz nada.

Não faço ideia do que ele disse, nem para quem o disse, mas passados cinco minutos estava um carro da polícia em frente da nossa casa e dois polícias à porta.

— Com que então, perdeste o teu avô! — disse o mais alto dos dois, tirando o boné.

O outro tinha uma tatuagem de uma sereia no braço.

— O teu pai e a tua mãe estão em casa? — perguntou o da tatuagem.

E, passando por mim, entraram pela casa dentro como se fosse deles. Nem pediram licença. Puseram-se a andar de um lado para o outro, espreitando para as várias divisões. Até foram ao jardim, procurar no depósito de ferramentas. Será que pensavam mesmo que iam encontrar o Popsicle lá escondido?

O meu pai chegou a casa, e pouco depois a minha mãe. Seguiu-se uma longa sessão de perguntas e respostas sentados à mesa da cozinha, bebendo intermináveis chávenas de chá, sempre a respeito do Popsicle, para onde é que ele costumava ir, o que é que costumava fazer.

— Têm algumas fotografias dele?

— Não.

— Nem uma?

— Não. Bem, temos uma, mas de quando ele era jovem. Está na carteira dele, mas deve tê-la levado consigo.

— Conhecem os amigos dele?

— Não.

— Há quanto tempo é que ele está a viver em vossa casa?

— Mais ou menos há um mês.

— E antes disso?

— Não sabemos — respondeu o meu pai.

Quanto mais coisas dizíamos não saber, mais estranho eles pareciam achar tudo aquilo. Apareceu um terceiro polícia, que ocupava todo o espaço da porta. Já tinham ido averiguar em todos os hospitais das redondezas, segundo ele disse, e não tinha sido admitido ninguém que correspondesse à descrição do Popsicle. Ninguém o tinha visto. Era tal como a minha mãe tinha dito, ele havia desaparecido.

Ela pareceu de repente muito desanimada. O polícia que tinha a tatuagem debruçou-se sobre a mesa, na direcção dela.

— Oiça — disse-lhe. — É mesmo como eles estão a dizer: quando não há notícias, é porque as notícias *são* boas. A senhora vai ficar aqui sentada, e nós vamos continuar a procurá-lo até o encontrarmos — e piscou-me o olho, para me animar, enquanto se levantava da mesa.

Mas às seis horas dessa tarde, do dia mais longo da minha vida, ainda não havia notícias do Popsicle, nem boas, nem más.

— Preciso de ir andar um bocado a pé — disse a minha mãe. — Tenho de sair. Não aguento continuar aqui à espera.

— Nem eu — respondi.

Desta vez o meu pai ficou em casa, junto ao telefone.

— Ele vai aparecer, vão ver — comentou, quando íamos a sair. — O velhote é um resistente. Ele vai aparecer — nunca o tratou por «o meu pai» ou «o Popsicle», como eu gostaria que tivesse feito.

Fomos até ao parque, nem sei bem porquê. Estava uma multidão de pessoas reunida em volta do lago dos patos, por isso nem sequer conseguimos ver o banco onde costumávamos sentar-nos com o Popsicle, nem o lago. Tivemos de abrir caminho por entre elas para ver o que se passava. Havia alguns polícias que as mantinham afastadas do lago, mas não eram os mesmos que tinham ido a nossa casa. Ouvi um súbito alvoroço de grasnidos, vindos do meio do lago, e logo depois um bando agitado de patos levantou voo, sobrevoando o parque em círculos. A minha mãe agarrou-me o braço. Olhei para onde ela estava a olhar. Do lago surgiu uma cabeça, depois duas. Homens-rãs. Homens-rãs com óculos e fatos de mergulho, e garrafas de oxigénio nas costas. A minha mãe tapou a boca com a mão. Sabia o que eu também sabia, estavam a dragar o lago para procurarem o Popsicle.

Levei-a para casa em lágrimas, e sentámo-nos os três na cozinha em silêncio, ali à espera, receando o pior, acreditando no pior. O meu pai disse mais algumas palavras de conforto, mas não acreditámos nelas, e acho que ele também não. Tentei rezar, como tinha feito na ambulância. Afinal, dessa vez tinha resultado. Mas não estava capaz de me manter suficientemente concentrada para chegar ao fim de uma oração. Havia uma imagem que pairava na minha cabeça, a imagem do Popsicle afogado, de cara voltada para baixo, com o cabelo espalhado à superfície da água parecendo algas.

Foi então que bateram à porta. Tanto a minha mãe como o meu pai pareciam paralisados, por isso fui eu abrir. Eram novamente os polícias. Desta vez um dos agentes era uma mulher, e atrás dela estava o que tinha a tatuagem no braço.

— Podemos entrar? — perguntou ela.

Palavras sombrias e terríveis que caíram como pedras no meu coração. As lágrimas sufocavam-me a garganta. Tinham encontrado o Popsicle, eu tinha a certeza disso. Tinham-no encontrado morto e afogado, e eu nem sequer tinha podido despedir-me dele. Levei-os para a cozinha.

— Encontrámo-lo — disse a mulher-polícia. — Lá em baixo, no porto. Estava sentado a olhar para os barcos. Ali sentado, simplesmente. Ele está bem.

A minha mãe soluçava. Dei por mim a soluçar também, e sem conseguir parar. O meu pai abraçou-nos às duas.

— Eu não lhes disse? — perguntou. — Não lhes disse?

— Ele é um velhote muito confuso — continuou a mulher-polícia. — Parecia não saber onde estava nem como é que tinha ido lá parar. Levámo-lo para o hospital. Vão fazer-lhe uns exames de rotina. Todos os cuidados são poucos, não é verdade? Sobretudo quando se chega à idade dele.

— Daqui a pouco trazem-no para casa — afirmou o polícia da tatuagem. — Se tudo estiver bem, deve estar em casa à hora do jantar. Está um bocadinho apanhado da cabeça, segundo me parece. Um bocado esquecido, não é?

A ambulância trouxe o Popsicle do hospital ao fim da tarde. Eu estava toda contente por ver que os vizinhos mais uma vez tinham vindo para a rua observar o que se passava. Enquanto o levávamos para dentro de casa, acenei à Mandy Bethel com ares de superioridade. E senti-me toda satisfeita ao fazê-lo.

Durante todo o jantar ninguém pronunciou uma palavra sobre o desaparecimento do Popsicle — fora ideia da minha mãe. «Ele vai contar-nos quando quiser fazê-lo», dissera ela. Popsicle continuava como se nada tivesse acontecido. Estava ali sentado, parecendo muito à vontade, à espera que eu lhe cortasse a costeleta de porco. Então devorou-a, rindo-se para consigo enquanto procurava apanhar com o garfo as ervilhas do prato, até conseguir espetar a última.

— Já t'apanhei! — exclamou a rir, metendo-a na boca com um ar feliz. Afastou o prato e recostou-se na cadeira. Chegou então o momento em que todos ficámos a olhar para ele, e à espera, e ele sabia muito bem de que é que estávamos à espera.

— Tinha cá uma fome! — exclamou. — Não comia nada desde o pequeno-almoço.

— Podia ter vindo mais cedo para casa — replicou o meu pai, e senti que procurava reprimir a irritação, com alguma dificuldade. — Valha-nos Deus, esteve todo o dia fora.

Popsicle olhou o meu pai nos olhos enquanto falou.

— Aquilo que a Cessie disse ontem à noite, eu ouvi tudo. E não quis causar mais problemas, foi só isso. Está na altura de fazer a mala e de me pôr a andar, foi o que pensei. E assim fiz. Levantei-me cedo e fui-me embora. Estava lá sentado no parque, a dar de comer aos patos, e estava a pensar no que havia de fazer à minha vida, para onde é que havia de ir. Foi então que me lembrei. Isto é tal e qual como onde eu moro, pensei, ao pé da água, com patos e gaivotas e tudo o mais. Por isso parti à procura, fui à procura da minha casa. Achei que a melhor hipótese de me lembrar seria junto ao porto, ao longo da beira-mar. Pensei que talvez visse algo, alguma coisa que pudesse reconhecer. Onde moro, consigo ver o mar de todas as janelas. E também consigo sentir o cheiro do mar, sei que sim. Por iso fui procurar. Andei quilómetros. Olhei para todas as casas junto ao mar, para as janelas de algumas delas. Até houve pessoas que gritaram comigo. Mas não serviu de nada. Não reconheci coisa nenhuma.

— Continuo sem compreender — interrompeu o meu pai.

— Está certo, andou de um lado para o outro, sempre à procura da sua casa. Mas quando viu que não a encontrava, por que motivo não voltou para aqui? Causou-nos uma enorme preocupação, a todos nós.

— Não fui capaz — esclareceu o Popsicle. — Não sabia onde estava, de onde tinha vindo, não sabia nada. Nem sequer me lembrava do nome desta rua, por isso não podia perguntar, ou achas que podia? Ninguém gosta de fazer figura de parvo, acho eu. E então sentei-me e procurei encaixar as peças, encadear as ideias, ver se chegava a alguma conclusão. Conseguia ver-vos a todos, aqui na minha cabeça. Conseguia ver esta casa, esta cozinha, o meu quarto lá em cima, o jardim, tudo; mas não sabia onde é que estavam, nem como é que havia de chegar até vocês. É esse o meu problema. Às vezes as coisas são claras como água, e outras vezes... bem, é assim desde que estive no hospital... Vejamos, por exemplo, a tua mãe, Arthur. Não consigo recordá-la como dantes. Sei como ela era, porque vejo na fotografia; mas não consigo ver a imagem dela aqui — e batia na cabeça com os nós dos dedos. — Quando agora penso na tua mãe, não é o rosto dela que me vem à ideia, sei que não é. É o de uma outra pessoa, sempre uma outra pessoa completamente diferente, mas que não sei quem é — durante alguns instantes, pareceu que tinha ficado sem fala. Olhava para nós, com os olhos repletos de tristeza. Tentava sorrir, mas não era capaz. — Um homem vindo de lugar nenhum, é o que eu sou. Na verdade, um homem vindo de lugar nenhum, tal como diz a canção*.

— Há-de voltar a recordar-se, Popsicle — disse-lhe a minha mãe. — O tempo ajuda a curar muitas coisas. Tudo se vai recompor — esticou o braço e segurou a mão dele entre as suas. — O Popsicle agora faz parte da nossa família, e vai ficar connosco. É aqui que deve estar. Queremos que continue cá em casa enquanto assim o desejar. Não é verdade, Arthur?

Tivemos de esperar alguns momentos pela resposta do meu pai, e quando a deu não foi muito convincente.

— Claro. É claro que queremos.

Apenas isso. Eu sentia-me outra vez furiosa com ele, furiosa com esta relutância tão mal disfarçada. Talvez ele tivesse as suas razões, mas ao menos podia ter fingido um bocadinho. Só para que o Popsicle se sentisse bem, e como em sua casa, e bem recebido. Podia ter fingido.

— Mas tem de prometer que não torna a fazer o que fez hoje — disse a minha mãe, agitando o dedo em sinal de ameaça,

---

* Referência à canção A Nowhere Man, dos Beatles. (NT)

47

embora com uma expressão brincalhona. — Quase nos matou de susto! Promete que não torna?

— Prometo — respondeu o Popsicle, erguendo a mão. — Que eu morra, se não cumprir!

— Também não queremos tanto! — exclamou ela, e todos nos rimos, até o meu pai. — Bem — continuou, pondo-se de pé —, agora que está tudo esclarecido, vamos retomar os nossos afazeres. E tu sabes o que isso significa, não sabes, Cessie Stevens?

— Não — respondi, embora sabendo muito bem onde é que ela queria chegar.

— Tenho a impressão de que, com toda esta excitação, te esqueceste de uma coisa muito importante.

Fiz-me de parva.

— Então o teu estudo de violino?

Não valia a pena argumentar. Contrariada, levantei-me para ir estudar.

— Queres que eu vá contigo, para te ouvir tocar? — perguntou o meu pai.

— Se quiseres — respondi. Estava muito zangada com ele, e queria que ele soubesse disso. — Também vem, Popsicle? Podemos ensaiar algumas canções dos Beatles.

— *Nowhere Man* — exclamou o Popsicle, enquanto eu o ajudava a levantar-se. — Vamos ensaiar o *Nowhere Man*.

Fomos então para cima, sentámo-nos na minha cama, e o Popsicle ensinou-me *Nowhere Man* até eu já ser capaz de tocar do princípio ao fim. Eu tocava e ele cantava. Fazíamos uma boa dupla, muito boa mesmo. Mas a minha mente não estava totalmente ali. Não consegui apreciar tanto a música como era costume. Estava sempre a pensar no meu pai lá em baixo, e a desejar não ter sido tão cruel com ele.

Quando terminámos, o Popsicle olhou-me durante algum tempo.

— Tu e eu, somos amigos, não somos? — perguntou. — E os amigos têm de ser sinceros uns para com os outros, não é assim?

— É.

— Sempre foste boa para mim, Cessie. Defendeste-me ontem à noite, e eu nunca me esquecerei disso. Mas não deves julgar o teu pai dessa maneira. Não deves magoá-lo. Tu és a menina dos olhos dele, bem sabes. Por isso tens de ser simpática para com ele. Para seres uma rapariga como deve ser.

Mais uma vez o Popsicle tinha lido o meu pensamento, e eu perguntava a mim mesma como é que ele fizera isso.

6

E TUDO FICARÁ BEM

Foi pouco tempo depois que comecei a reparar que o Popsicle falava sozinho. Ouvia-o a falar no seu quarto, num monólogo abafado, tão abafado que nunca conseguia perceber grande parte daquilo que ele dizia. Reparei também que estava a ficar cada vez mais distraído. Houve uma vez em que foi para o jardim, num dia de chuva, só com as peúgas calçadas; e de vez em quando ia fazer o chá e esquecia-se de pôr chá no bule. À hora do almoço pensava que era a do lanche, e vice-versa. Sempre que estas coisas aconteciam, ele procurava rir-se de si próprio e chamava a si mesmo «velho taralhouco», mas eu bem via como isto o preocupava, tanto como a nós.

Até que um dia acendeu uma fogueira demasiado perto do depósito de ferramentas do quintal e da sebe do Sr. Goldsmith. Eu não estava em casa quando isso se passou. Tinha ido a casa da Madame Poitou para a lição de violino. Quando voltei já lá estava o carro dos bombeiros e pairava sobre a casa um manto de fumo castanho. Corri para dentro. O Popsicle estava sentado cá em baixo, ao fundo das escadas da entrada, com a cabeça entre as mãos, e a minha mãe estava acocorada junto dele a tentar consolá-lo.

— Não foi culpa sua, Popsicle — dizia ela. — São coisas que acontecem. Por que não vai para cima, para se lavar? Vai ver que depois se sentirá muito melhor.

Ele tinha os olhos vermelhos, o rosto sujo e manchado de lágrimas. Subiu as escadas muito lentamente.

Fui atrás da minha mãe para o quintal. Estava tudo num estado lastimoso, um autêntico caos. Os bombeiros já estavam a arrumar os seus materiais para se irem embora. Quando um deles passou por nós, parou.

— Podia ter sido muito pior. Qual era a ideia dele, afinal? Primeiro acendeu o fogo demasiado perto do depósito de ferramentas, e depois foi-se embora e deixou-o aceso. Não deve estar lá muito bem da cabeça, se querem saber a minha opinião.

Depois de já todos se terem ido embora, ajudei a minha mãe a pôr o jardim em ordem, na medida do possível. Retirámos tudo o que restara do depósito de ferramentas, juntando uma pilha de madeiras chamuscadas e cinzas ensopadas. Ela estava muitíssimo preocupada, pensando no que o nosso vizinho do lado, o Sr. Goldsmith, iria dizer da sua vedação quando chegasse a casa. E estava também preocupada com o Popsicle.

Demorámos cerca de uma hora para limpar as coisas que estavam em pior estado. Nessa altura já as minhas botas de borracha estavam cobertas de lama, por isso tive de as descalçar junto à porta das traseiras, antes de poder entrar. Ia a atravessar a entrada para me dirigir à cozinha quando dei por isso. A carpete estava encharcada, debaixo dos meus pés descalços. Subi as escadas a correr e vi que o lavatório estava a transbordar e a casa de banho inundada. Fechei a torneira e retirei a válvula.

O Popsicle estava no quarto, sentado na cama a olhar para o vazio. Sentei-me ao lado dele.

— Não tem importância, Popsicle. Aquele depósito de ferramentas era apenas uma velha casinha de madeira já podre. Estava quase a cair. O pai tem resmungado por causa disso desde que mudámos para esta casa. Ele ia arranjar um novo. A sério que ia.

Mas nada do que eu dizia parecia servir-lhe de consolo.

Foi então que ele murmurou alguma coisa, algo que não consegui ouvir bem.

— O que é que disse? — perguntei, inclinando-me mais para ele.

— Xangri-La — agarrou na minha mão quando falou. — Xangri-La, não quero ir para Xangri-La.

Percebi nos seus olhos que estava aterrorizado. Estava a suplicar-me, a implorar-me.

— O que é Xangri-La?

Havia um eco na minha cabeça, um eco de algo que ele dissera antes.

— Não sei. Não sei.

As lágrimas corriam-lhe pela face, e ele nem sequer se importava de as limpar.

— Se não quer ir para lá, ninguém o vai obrigar a ir, prometo.

Pareceu ficar mais satisfeito.

— Prometes? — perguntou.

Encostei a cabeça ao seu ombro, e pouco depois ele passou o braço por trás de mim. Foi assim que a minha mãe nos foi encontrar daí a um bocado. Ela ajudou o Popsicle a lavar-se, e depois levou-o para a cama.

Passámos o resto do dia a limpar tudo. Mas ainda pingava água da lâmpada da entrada para um balde, quando o meu pai chegou do trabalho. Expliquei-lhe o que tinha acontecido, que nada daquilo tinha sido por culpa do Popsicle, que fora só pouca sorte, só isso.

— De qualquer maneira — continuei —, agora já podes arranjar um novo depósito de ferramentas, conforme querias.

Eles trocaram olhares cúmplices. Percebi então que ambos, de certo modo, culpavam o Popsicle pelo que tinha acontecido. O meu pai foi para o jardim, para averiguar os estragos, deixando-nos às duas sozinhas. Foi então que me lembrei daquilo que o Popsicle me tinha dito.

— Onde é que fica Xangri-La? — perguntei à minha mãe.

— Porquê?

— Só por curiosidade. Li esse nome num livro qualquer — e preferi não acrescentar mais nada.

— Bem — respondeu —, é uma espécie de paraíso, no alto das montanhas, nos Himalaias, acho eu. Uma espécie de paraíso na terra, como poderíamos chamar-lhe. É claro que não passa de uma história. É algo que não existe, na realidade.

Mas eu não conseguia esquecer-me do medo estampado nos olhos do Popsicle quando me falara do assunto. Imaginário ou não, Xangri-La era para ele algo de real.

Depois do episódio do incêndio no quintal, aconteceu muitas vezes eu ficar sozinha em casa com o Popsicle. A minha mãe ia frequentemente à escola, nos preparativos para o novo ano lectivo; o meu pai, é claro, continuava sempre muito ocupado na estação de rádio, saindo de casa de manhã cedo e regressando tarde. Eu tinha de ir vigiando o Popsicle; e acima de tudo, como eles me disseram, não podia deixar que ele saísse sozinho. Mas, segundo parecia, ele também não tinha vontade de o fazer. Parecia sentir-se tão satisfeito por estar na minha companhia como eu me sentia por estar na companhia dele. Ter o Popsicle em casa era benéfico para mim. Estava cheia de medo do regresso à escola, porque sabia que teria de enfrentar a Shirley Watson e as outras. Só de pensar nelas a olharem para mim, a rirem-se de mim, fazia-me sentir um frio interior, mas o Popsicle mantinha-me o espírito afastado de tudo isso, pelo menos durante a maior parte do tempo.

Fazíamos tudo em conjunto. Ele ouvia-me tocar violino, e eu ouvia-o recitar os seus poemas preferidos. Era uma coisa estranha. Ele não conseguia lembrar-se onde vivia, mas sabia os poemas de cor, dúzias de poemas. Eu nem sempre conseguia percebê-los, mas gostava imenso de o ouvir, porque quando o Popsicle recitava poesia as palavras soavam como música.

Aquilo por que ele continuava sempre ansioso era pelo nosso passeio ao parque, para darmos de comer aos patos. Quando lá estávamos ele adorava conversar, embora nunca sobre o seu passado, e nunca sobre o meu pai. Ele gostava muito de pensar em voz alta. Tal como acontecia com os poemas, nem sempre conseguia entender tudo o que ele dizia, mas gostava de o ouvir porque sabia que ele confiava em mim, me fazia confidências, e sentia-me honrada por isso.

Foi precisamente num dia em que voltávamos do parque que a coisa aconteceu. Tínhamos de passar por uma loja para comprar leite. Ele já estava um bocado cansado, mas não parava de falar.

— Já pensaste, Cessie? Já alguma vez pensaste que tudo isto é um sonho? Tudo isto, os patos, o lago, esta loja, tu, eu, tudo isto, nada mais é do que um longo e agradável sonho. Quem sabe se o que fazemos quando morremos é precisamente acordar, e não nos lembramos de nada porque nunca nos lembramos dos sonhos que tivemos, não é assim? Sabes o que dizem, Cessie? Dizem que nos dois últimos minutos antes de morrermos, revivemos toda a nossa vida. Parece que vou ter de esperar até lá para conseguir lembrar-me. Então já será um bocado tarde, demasiado tarde para fazer seja o que for — a sua expressão contraiu-se. — Mas há uma coisa que eu ainda tenho de vos contar. Sei que não é uma coisa agradável, mas garanto-te que não me lembro do que se trata.

Estávamos agora no interior da loja e seguíamos ao longo do expositor de cereais para o pequeno-almoço, do café e do chá, em direcção à arca frigorífica que ficava ao fundo. O Popsicle tinha parado de falar. Demorei um bocadinho à procura de um pacote grande de leite meio gordo. Quando me voltei, o Popsicle tinha desaparecido. Fiquei em pânico, mas não era preciso. Encontrei-o logo a seguir junto à caixa. Ele levava uma lata de leite condensado.

— O que é que leva aí? — perguntei.

— É uma coisa, Cessie, uma coisa de que me lembrei.

Li o rótulo em voz alta.

— Leite condensado?

— O que eu sei é que gosto muito deste leite, sempre gostei — olhava para mim de modo estranho, como se eu não estivesse ali. — Havia holofotes — continuou. — Havia holofotes e eu não conseguia sair. Não conseguia sair.

— De que é que está a falar? — perguntei.

— Não sei, Cessie. O problema é esse, não sei de que é que estou a falar. Mas isto, esta lata, faz parte daquilo que tenho de me lembrar, sei que faz. Não consigo pensar, Cessie, não consigo.

Tinha fechado os olhos com força e batia repetidamente com a lata na cabeça. Estava toda a gente a olhar para nós, por isso paguei o leite e também o leite condensado, agarrei o Popsicle pelo braço e saí da loja o mais depressa que pude. Durante todo o caminho até casa ele seguiu perdido nos seus pensamentos, e foi assim que permaneceu.

A partir de então nunca mais quis sair para passear. Nunca mais leu os seus poemas. Ficava sentado na poltrona do quarto, sempre com uma expressão sombria e olhando o vazio. Se eu me oferecia para tocar violino para ele ouvir, apenas abanava a cabeça. Fosse o que fosse que a minha mãe lhe pusesse no prato, recusava-se a comer, até mesmo os crepes e a geleia, que ele adorava.

— O aspecto disso não sabe bem — dizia ele.

E dizia também outras coisas muito estranhas. A minha mãe andava muito preocupada com ele, e eu via que o meu pai também; mas eu não estava. Eu sabia aquilo que eles não sabiam, que ele tinha encontrado uma pista que podia levá-lo ao passado e estava a fazer um esforço para se lembrar do que isso significava. Assim que o conseguisse, a porta da sua memória ia abrir-se e tudo ficaria bem. Eu tinha a certeza disso.

Todas as noites eu ficava acordada a pensar que significado poderia ter uma lata de leite condensado. Perguntava a mim mesma se havia ou não de contar isto a alguém, mas decidi que o que se passava entre o Popsicle e eu quando estávamos a sós apenas a nós os dois dizia respeito. Sentia que seria como denunciá-lo, como ir contar uma confidência. Por isso nada contei.

Já havia uma semana que o Popsicle praticamente não comia nada. Estava tão fraco que tínhamos de o ajudar a subir a escada para se ir deitar. Nunca mais tinha feito a barba. Nunca mais se tinha lavado. Andava sempre de roupão e chinelos. Parecia não sentir interesse por nada. Até tinha deixado de ouvir os programas de rádio do meu pai. Durante todo o dia e todos os dias, apenas ficava para ali sentado a baloiçar-se para trás e para a frente, a entoar melodias para si mesmo e a esfregar os joelhos. Tal como Aladino, pensava eu, tal como Aladino a esfregar a sua lamparina. Formulava um desejo e esfregava-a, mas, ao contrário de Aladino, por muito que esfregasse não surgia nenhum génio para satisfazer o seu desejo. Eu via-o afundar-se cada vez mais naquele desespero e nada podia fazer.

A minha mãe tentou tudo o que pôde. Tentou ameaças.

— Se não comer isto, nunca mais faço crepes.

Tentou a chantagem.

— Nunca mais vai dar de comer aos patos e eles vão morrer todos.

O meu pai tentava levá-lo a bem, mas em breve desistiu, desesperado.

— O que eu acho é que ele está a ser mais que difícil. A minha mãe sempre disse que ele mudava muito de humor. E estava certa.

— Como é que és capaz de dizer uma coisa dessas? — perguntei-lhe a chorar. — Ele só está triste, só isso. Está a tentar lembrar-se, e não consegue. Gostavas que te acontecesse o mesmo a ti, perderes a memória? — Vinham-me aos olhos lágrimas de raiva, que desejava conter mas não podia. Ele estava a julgar o Popsicle, a censurá-lo, e isso era tão imerecido, tão injusto!

Até que certa noite chamaram o Dr. Wickens. Ele passou uma boa meia hora a sós com o Popsicle. Sentei-me cá fora nas escadas e procurei escutar às escondidas, mas sem êxito, até que a minha mãe me descobriu e me levou para a cozinha, onde nos sentámos os três à espera.

Demorou algum tempo até o médico ir ter connosco. Sentou-se pesadamente, e guardou o estetoscópio na sua mala preta. Sorriu-me por sobre os óculos.

— Bem — começou —, estive a examiná-lo com todo o cuidado. A boa notícia é que continua a recuperar bem da trombose. O braço direito ainda não está tão forte como já poderia estar, mas à parte isso tem uma constituição robusta como um touro. O coração funciona muito bem, e a tensão arterial está óptima. Os pulmões também.

Fez uma pausa.

— Então quais são as más notícias? — perguntou o meu pai.

— Bem, não creio que seja muito grave, pelo menos por enquanto, mas ele está deprimido. Quase não falou comigo, por isso não sei dizer exactamente qual o seu grau de depressão. Não é raro as pessoas ficarem deprimidas depois de uma trombose. E, claro, há também a perda de memória. Isso pode ter contribuído. Por isso ele vai precisar de um tratamento.

— Que espécie de tratamento? — perguntou a minha mãe.

— É de esperar que seja suficiente tomar comprimidos antidepressivos só por um curto período. E talvez venha a ser necessário interná-lo numa casa de repouso durante algum tempo. Vamos ver. Os comprimidos vão pô-lo bom, vão fazer com que ele volte a comer, que se levante, que tenha mais interesse pela vida.

De facto fizeram, e quando se deu a transformação, esta aconteceu tão depressa e tão de repente que nos apanhou a todos de surpresa. Foi dois ou três dias depois, numa tarde de domingo. O meu pai estava lá fora no jardim, a reconstruir a vedação com o Sr. Goldsmith, que tinha sido muito compreensivo, dadas as circunstâncias. A minha mãe, mais uma vez, estava a passar a ferro na sala de estar. Eu estava enrolada no sofá a ler um livro, uma daquelas histórias de terror que nos fazem devorar página após página. O Popsicle estava lá em cima deitado na cama, tal como fazia cada vez mais frequentemente nos últimos tempos. Tinha comido qualquer coisa ao almoço, todos nós tínhamos reparado, mas continuava tão calado como de costume. De repente ouvimo-lo a chamar.

— Vem cá acima, Cessie. Chega aqui.

Subi as escadas num instante, com a minha mãe atrás de mim. Ele estava sentado na cama a rir-se. Tinha no colo a lata de leite condensado, aberta, e estava a lamber a colher. Ergueu a lata para nos mostrar. Estava quase vazia.

— Cessie — disse —, tenho uma adivinha para ti. Sabes porque é que os elefantes têm boa memória?

— Não — respondi. — Por que é que os elefantes têm boa memória?

— Porque comem muito — respondeu, agitando a colher na minha direcção. — E... — agitava agora a colher na direcção da minha mãe. — E porque também se lavam — acrescentou. Depois pôs-se a esfregar o queixo por barbear, ao mesmo tempo que esboçava um grande sorriso. — E talvez, só mesmo talvez, porque eles também fazem a barba, todos os dias.

— Popsicle — exclamou a minha mãe, abraçando-o —, já está melhor. Sente-se melhor, não sente?

— Muito melhor! — e riu-se ainda com mais vontade.

— O que é isto? — perguntou a minha mãe, tirando-lhe a lata vazia e torcendo o nariz com ar reprovador.

— Ah — exclamou o Popsicle com uma expressão enigmática —, isso é uma poção mágica. — E levantou as pernas, como que para se levantar da cama. — Ajuda-nos aqui, Cessie, isso mesmo.

Estava agora de pé entre nós as duas, ainda apoiado ao meu braço, quando o meu pai entrou no quarto.

Ficaram os dois a olhar um para o outro, e durante um bocado pareceu que não sabiam o que dizer.

— Causei-vos preocupação a todos, não foi? — perguntou o Popsicle.

— Um bocado, sim — concordou o meu pai.

— Que dias desgraçados! Sempre tive fases assim, toda a vida. Não percebo porque é que isto me acontece. Mas agora já estou bem, e tudo devido a uma lata de leite condensado. Foi ele que me fez bem ao cérebro — e endireitou-se, apoiando-se no meu ombro. — Bem, acho que chegou a altura de este velho elefante ir lavar-se e arranjar-se.

E, sem dizer mais nada, foi para a casa de banho. Daí a pouco começámos a ouvi-lo cantar *Yellow Submarine*, em alta voz.

Para grande satisfação e alívio da minha mãe, nessa noite antes de ir para a cama ele comeu três crepes com geleia, e bebeu avidamente duas canecas de leite quente com chocolate, com cinco conchas de açúcar em cada uma. Aquela lata de leite condensado tinha-o feito recordar qualquer coisa, e qualquer coisa de muito importante, eu estava certa disso. Esperei que ele fosse deitar-se, e depois fui vê-lo. Estava a ler.

— T. S. Eliot — disse ele. — É um bom poeta. E tem toda a razão. Ouve só:

And all shall be well* and
All manner of things shall be well

— Já descobriu qualquer coisa, não descobriu? — perguntei. — Sabe onde é que mora. Já se lembrou, não foi?

— Não, Cessie, ainda não. Mas hei-de lá chegar. Já houve um começo.

— Qual? De que é que se lembrou?

— De uma pequenina coisa, só uma pequenina coisa. Todas as noites, quando estava em casa, comia três colheres de chá de leite condensado, fazia sempre isso. Ajudava-me a dormir. Ajudava-me o raciocínio. Estou a vê-las alinhadas na prateleira por cima do lava-loiças da minha cozinha, dúzias de latas de leite condensado. Estou a vê-las aqui, na minha cabeça. Uma cozinha muito pequena, mesmo muito pequenina. Eu bem te digo, Cessie. A pouco e pouco, vou-me lembrando. Tudo o que preciso é do meu leite condensado todas as noites, para lubrificar a memória. Hei-de recuperá-la, vais ver.

— Está a troçar de mim?

— Juro que não, Cessie. É que resulta. A sério. Olha lá para mim. Já me sinto melhor. Queres melhor prova? Tu também devias experimentar. Ia fazer-te bem.

Eu disse que não com a cabeça. Achava aquele leite tão enjoativo!

— Como queiras — respondeu.

— E não podia ter sido por causa dos comprimidos? — atrevi-me a perguntar.

---

* *E tudo ficará bem.* (NT)

— Acho que não — respondeu o Popsicle, com um sorriso envergonhado. — Eu não os tomei. Nem um. Fingia que os tomava. Cuspia-os todos. Não gosto de comprimidos. Não tenho confiança neles. Dêem-me antes o meu leite condensado todos os dias. Vão ver como fico em forma num instante!

Subitamente, o seu rosto contraiu-se. Fez-me sinal para que me aproximasse, e agarrou-me o braço com força. Havia no seu olhar algo que me assustou.

— Lembra-te do que eu te disse, Cessie. Aconteça o que acontecer, não quero ir para Xangri-La. Nunca, estás a ouvir-me? Nunca.

7

XANGRI-LA

Fosse ou não do leite condensado, o certo é que o Popsicle estava um outro homem. Agora usava cada vez mais o braço afectado, de tal forma que eu já nem conseguia lembrar-me bem qual deles era. Já ninguém lhe cortava a comida. Nem atava os atacadores dos sapatos. Ele fazia tudo sozinho. De vez em quando, ainda ficava com o pensamento um bocado ausente; mas mostrava uma disposição muito melhor, de tal maneira que, quando na segunda-feira seguinte começou o novo ano escolar, já confiávamos o suficiente nele para o deixarmos em casa sozinho durante o dia.

Para meu grande alívio, a escola afinal não estava a ser aquele pesadelo que eu receara — a Shirley Watson estava doente, e só deveria voltar daí a umas semanas. Quando cheguei da escola vi que a casa tinha levado uma grande limpeza e estava chá pronto para mim na mesa da cozinha.

— Compota e torradas quentinhas, com manteiga — disse o Popsicle. — Está bem assim, minha senhora? — e fez-me sinal para que me sentasse, ajeitando-me a cadeira.

Eu estava habituada, quando chegava da escola, a encontrar a casa vazia e a ficar sozinha.

Para sua grande satisfação, a minha mãe também recebeu o mesmo tratamento quando chegou da escola, cansada como de costume. Nem conseguia acreditar no que o Popsicle tinha feito em casa.

E todos os dias que se seguiram foram assim. O jardim, que estava enlameado e ainda sujo por causa do incêndio, foi a pouco e pouco sendo arranjado pelo Popsicle, que começou também a construir um novo depósito de ferramentas. Quando estava bom tempo, o pátio servia-lhe de oficina de carpintaria. Quando estava a chover, usava a garagem. Dentro de algumas semanas a casinha das ferramentas ficou pronta, muito maior e melhor do que a anterior.

Numa tarde ventosa de Outono fizemos uma cerimónia de inauguração. O meu pai nem conseguiu pronunciar uma palavra quando cortou a fita, e continuou sem fala quando finalmente entrámos lá dentro pela primeira vez.

O Popsicle lembrava-me um rapazinho que quer causar boa impressão no seu pai — neste caso o meu pai —, e este estava de facto impressionado, via-se que estava. Só que não o dizia. Tudo o que disse foi: «Deve ter tido imenso trabalho para fazer isto. Parece estar bastante resistente; mas não se lembre de acender fogueiras demasiado perto, está bem?» Acho que disse isto como piada, mas não teve graça nenhuma.

Era como se o Popsicle sempre tivesse vivido connosco. Lavava o carro aos domingos, punha o lixo à porta às terças-feiras. Até me ajudava a fazer os trabalhos de casa de francês — havia muitas coisas nele que eram absolutamente inesperadas.

Quando certa vez lhe perguntei como é que sabia tanto de francês, estranhamente ignorou a minha pergunta. Eu devia saber que não a devia ter feito. Era sempre assim. Evitava ou ignorava qualquer pergunta que de algum modo se relacionasse com o seu passado. Às vezes falava com saudade dos anos em que tinha trabalhado na construção naval em Bradwell, quando era um jovem pai e um jovem marido, mas parecia que isso era tudo o que ele conseguia recordar — apesar do leite condensado, que tomava religiosamente todas as noites. Mas pelo menos o facto de não conseguir lembrar-se já não o deprimia tanto como anteriormente. Ninguém lá em casa era tão animado como o Popsicle. Assobiava no quintal e cantava na casa de banho. Era a alma da nossa casa.

O ambiente era agora mais feliz do que dantes, apesar de o meu pai continuar a mostrar frieza para com o Popsicle. E na escola as coisas também corriam muito melhor do que eu esperara. A Shirley Watson já tinha voltado às aulas, mas ignorava-me, pelo menos até então. As coisas estão a compor-se, pensava eu para comigo.

Nessa época, reparei que o Popsicle ia muitas vezes enfiar-se no novo depósito de ferramentas e ficava lá fechado durante horas. De vez em quando perguntava-lhe o que é que ele estava lá a fazer. «Digo-te quando estiver pronto», respondia-me, com um ar conspirador. «E não vás lá espreitar.» É claro que eu tentava espreitar, mas ele tinha pendurado uma saca velha a tapar a janela. Tudo o que eu conseguia ver, através de um buraco de um nó da madeira que havia na parte inferior da porta, era um tabuleiro com cebolas que estava no chão. Ele era mais esperto do que eu.

Vinte de Outubro. O dia em que fiz doze anos. Foi num sábado. Quando desci do quarto, havia três embrulhos à minha espera em cima da mesa da cozinha. Estavam todos lá sentados, cantando-me os *Parabéns a Você*. Abri primeiro os cartões e depois ataquei os presentes. Tive um CD de Yehudi Menuhin, interpretando o *Concerto para Violino* de Beethoven, que foi prenda do meu pai; a minha mãe ofereceu-me um videofilme: *The Black Stallion*, para mim o melhor filme do mundo. Deixei para o fim o presente do Popsicle.

— Abre com cuidado — avisou-me, quando comecei a rasgar o papel de embrulho. Era uma caixa de sapatos, mas dentro não tinha sapatos. Era um barco, um barco construído à escala, azul e com uma chaminé amarela. Tirei-o de dentro da caixa. Parecia uma espécie de barco salva-vidas com cordas pendendo em arco, ao longo dos dois lados. Junto à parte inferior da chaminé estava um homem de pé, segurando a enorme roda do leme. Tinha um impermeável amarelo e um chapéu a condizer, e parecia mesmo que se agarrava à roda em pleno vendaval. O nome *Lucie Alice* estava pintado no lado do barco.

Pousei-o com todo o cuidado junto ao bolo de passas e nozes que estava ao meio da mesa. Olhei para o Popsicle.

— Esse era o meu barco — disse ele com orgulho. — O *Lucie Alice*.

— É lindo — exclamou a minha mãe, num sussurro de admiração. — É mesmo lindo.

— Foi o Popsicle que o fez? — perguntei. — Na casinha das ferramentas?

Ele confirmou com um aceno de cabeça.

— Foi construído em 1939. Esteve ao serviço em Lowestoft durante trinta anos. Depois disso serviu de barco de reserva em Exmouth. Conheço todas as tábuas de que foi feito, todos os pregos. Não sei porquê, mas lembro-me de tudo isso. Foi para Dunquerque em 1940, durante a guerra. Transportou centenas dos nossos soldados.

— E onde é que ele está agora? — perguntou o meu pai. O Popsicle levantou-se vagarosamente da mesa.

— Como é que hei-de saber? Só sei que trabalhei na sua construção.

Fui atrás dele e peguei-lhe no braço antes de ele alcançar a porta.

— É tão bonito, Popsicle! Será que flutua? Posso levá-lo também para o banho, com o Patsy?

— Para o banho! Com o Patsy! — exclamou, a rir. — Estás a falar do meu barco salva-vidas!

— Está bem — respondi. — E então para o lago? Podemos pô-lo a flutuar no lago do parque?

— Claro que podemos pô-lo a flutuar, mas ele não vai apenas flutuar, ouve bem o que estou a dizer. Tem motor. Já o experimentei. Anda muito depressa. E não vai ao fundo. Nem poderia ir, sendo um barco salva-vidas. Queres ver?

— Agora?

— Por que não? Vamos todos, está bem?

Os patos não ficaram nada satisfeitos connosco. Deviam ter pensado que íamos levar-lhes as côdeas do costume. O Popsicle não deu importância aos seus grasnidos roucos, pôs o motor do barco a trabalhar e pousou-o na água do lago, que ele começou a atravessar ao som do ruído da máquina, fazendo a sua viagem inaugural. Como que paralisados, ficámos ali todos a segui-lo com o olhar, até que o Popsicle disse que era melhor um de nós ir a correr para a outra margem, para o agarrar antes que chegasse a terra e se enfiasse no lodo. O meu pai contornou o lago numa corrida. Chegou lá mesmo a tempo.

— Parece mesmo um barquinho destemido! — exclamou a minha mãe.

— E era — respondeu o Popsicle. — Salvou muitas vidas!

— O Popsicle também fez parte da tripulação? — inquiriu ela, curiosa, e desejei que não tivesse perguntado isso. — Então trabalhava num barco salva-vidas?

Pensei que o Popsicle ia ficar calado, mas desta vez não o fez.

— Quem me dera saber! — e olhava para a outra margem do lago, enquanto falava. — Só sei que aquele já foi o meu barco, só isso — pôs o braço em volta do meu ombro. — E agora é teu, Cessie, só teu. Vais tomar bem conta dele, não vais? É claro que

63

também podes deixar o teu pai brincar com ele de vez em quando — acrescentou, rindo. — Olha para ele. Tal como em pequeno. Sempre gostou imenso de barcos, o teu pai.

O meu pai estava de cócoras do outro lado do lago, virando agora o barco para vir na nossa direcção.

— Estão prontos? — perguntou ele em voz alta.

— Estamos — respondeu o Popsicle.

O meu pai soltou o barco e depois pôs-se de pé ficando a olhá-lo, com as mãos nos quadris. Estava radiante, parecia um garoto.

Nessa altura já se tinham juntado doze pessoas ou mais em volta do lago, para verem o barco, e entre elas a Shirley Watson, com o seu cão. A Mandy Bethel também lá estava. O cão dela, sempre a cheirar tudo, e parecendo um dogue com os olhos esbugalhados, ganhia sem parar junto a uma das extremidades do lago. Realmente, pensei, aquele cão e a Shirley Watson estão mesmo bem um para o outro.

— O barco é meu — gritei, orgulhosa. — Foi o meu avô quem o fez. — E assim que falei, soube logo que devia ter ficado calada. Mas agi deste modo porque me sentia a salvo. O Popsicle estava ao pé de mim. Os meus pais também. De repente senti-me cheia de coragem, muito orgulhosa. — O nome dele é *Lucie Alice* — continuei. Tem um motor a sério. É uma réplica exacta de um barco salva-vidas feito em 1939, um barco de verdade.

— É um barquinho para crianças — respondeu a Shirley Watson, sorrindo com desdém.

— Bem — repliquei, ainda arrogante —, se não gostas, não precisas de ficar a olhar.

A Mandy Bethel ficou de boca aberta. Nem conseguia acreditar naquilo que tinha ouvido. Nem eu. Ninguém falava daquela maneira à Shirley Watson, pelo menos ninguém que estivesse no seu perfeito juízo.

A Shirley Watson olhou-me com um ar duro e foi-se embora de rompante, furiosa. Eu sabia, enquanto a via afastar-se, que acabara de fazer algo de que iria arrepender-me para o resto da vida. Sabia muito bem que era melhor nunca a espicaçar, não a confrontar, e eu tinha feito as duas coisas. Sabia que ia ter problemas.

Em breve descobri que a Shirley Watson andava a dizer a toda a gente da escola que eu tinha um avô louco que voltara para a minha casa, um vagabundo sem eira nem beira, que usava o cabelo apanhado num rabo-de-cavalo e tinha ar de pirata. Isso ainda eu podia ignorar, mas o pior estava para vir: primeiro começaram os olhares, depois os segredinhos.

A Shirley Watson andava a espalhar veneno acerca do Popsicle. Andava a contar a toda a gente que ele parecia um drogado, que tinha um ar muito esquisito. Que certamente também era traficante de droga, e por isso andava sempre ali pelo parque. E que ela já o tinha visto a falar com crianças pequenas. Era uma campanha propositada de indirectas e de má-língua, e por isso odiei--a do fundo da minha alma.

Mas aquela nojeira estava a pegar. As pessoas já me tratavam de maneira diferente. Algumas nem me falavam. Eu queria ser superior a isso, olhá-las de cima, ser valente. Queria ir sair com o Popsicle sempre que pudesse, e ser vista com ele, só para lhes mostrar o que pensava delas. E a princípio até tentei agir assim. Mas sempre que saía com ele, olhava de lado, com medo de encontrar alguém da escola.

A pouco e pouco a minha coragem foi desaparecendo, e ficava em casa, como uma cobarde. Dizia que tinha de fazer os trabalhos de casa, ou que estava a chover, ou que tinha de estudar violino, tudo me servia de desculpa para evitar dar de caras no parque com aquele bando de raparigas sempre com risinhos. E não me sentia nada orgulhosa de mim mesma.

O Popsicle estava sempre a fazer pequenas afinações no *Lucie Alice*, para melhorar o seu desempenho ou a sua estabilidade na água. Ele teve de ir testar essas afinações no lago dos patos, no parque. Não estava lá mais ninguém. Felizmente, havia longos períodos em que ele não queria lá ir — que era quando estava a afiná-lo, sobre a bancada de trabalho na casinha das ferramentas.

— Qualquer construtor naval que se preze não pode dar-se por satisfeito por ter o seu barco quase perfeito — disse-me um dia, quando estava a vê-lo trabalhar. — Ele tem de ficar perfeito. E eu vou pôr este barco perfeito para ti, Cessie, absolutamente perfeito.

Para mim ele já parecia suficientemente perfeito, mas nem ia discutir o assunto. E ficava mais que satisfeita a vê-lo trabalhar, e ainda mais satisfeita por não ter de me aventurar até ao parque. Mas sabia que havia de chegar o dia em que ele ia querer testar outra vez o *Lucie Alice* no lago, e se eu não arranjasse uma boa desculpa teria de ir com ele, todo o tempo com o coração na boca.

Num domingo à tarde estava eu a ler em cima da cama quando ele veio ao meu quarto, com o casaco já vestido, e com a caixa do *Lucie Alice* debaixo do braço.

— Ele já está pronto — informou-me. — Vamos!

— Está a chover — respondi.

— É só um chuvisco, Cessie. Vamos!

Não tive outra escolha.

Sabia que domingo à tarde era sempre a altura mais provável de encontrar no parque alguém do grupo da Shirley Watson. Podiam ir a caminho para o abrigo da paragem de autocarros, que era um dos pontos de encontro preferidos aos domingos, principalmente quando estava a chover. Ia a pensar nisso enquanto o seguia, escada abaixo.

— Mas ainda não estudei violino! — exclamei, parando onde estava.

— Não vamos demorar muito tempo — respondeu o Popsicle, e percebi que estava desapontado com a minha relutância.

O meu pai, que estava na sala, tinha-nos ouvido.

— Ela tem de praticar violino — disse ele. — Não é a brincar com barquinhos que vai conseguir fazer o grau seis!

Não havia necessidade de ter dito aquilo. Quase mudei de ideias, só para ficar solidária com o Popsicle. Mas não mudei. Em vez disso, e para minha eterna vergonha, dei o meu cachecol ao Popsicle e disse-lhe que fosse sozinho para o parque, à chuva.

Fui para o meu quarto e fingi que estava a praticar, mas é claro que o meu coração não estava ali. Estive todo o tempo a arranjar desculpas para a minha desculpa, a procurar razões para a minha cobardia. Não conseguia concentrar-me. Não me saía do pensamento o Popsicle lá fora no parque, o que as amigas da Shirley poderiam dizer-lhe se o encontrassem, como ele ficaria admirado, magoado. E então, de repente, consegui vê-lo em espírito. Tive a certeza de que elas estavam lá, à volta dele, troçando dele, fazendo pouco.

Desci as escadas e saí, antes que alguém pudesse deter-me. Ouvi o meu pai a chamar-me, quando atirei com a porta.

Cheguei aos semáforos precisamente no momento em que o sinal ficou vermelho para os carros. Atravessei a estrada principal a correr, passei a livraria e o abrigo da paragem de autocarros, e segui para o parque. Saltei a vedação do parque infantil e ouvi uma senhora, que estava a empurrar a filha pequenita num baloiço, a ralhar comigo, muito esganiçada, antes de voltar a saltar a vedação do outro lado. Estava quase a chegar lá.

Para meu grande alívio não ouvi vozes em uníssono, nem zombarias, só uma agitação de grasnidos. Não estava ali ninguém, só os patos — foi o que me pareceu, à primeira vista. Mas depois vi que os patos não estavam sozinhos no lago. O Popsicle estava de pé, com água pela cintura, de costas para mim. Chamei-o e corri para a beira do lago. Ele não se voltou; corri em volta, para que ele me ouvisse, me visse. Tinha qualquer coisa na mão. À sua volta boiavam inúmeros pedacinhos de madeira. Eu soube imediatamente o que tinha acontecido. Corri para a água e dirigi-me a ele, avançando com dificuldade. Ele tinha numa mão a proa do salva-vidas, e na outra a popa. A chaminé amarela flutuava na minha direcção. Apanhei-a. Vi a roda do leme mesmo abaixo da superfície e retirei-a da água. Procurei o marinheiro com o fato de oleado, mas tinha desaparecido.

— Elas estiveram aqui — disse ele. — Começaram a gritar-me coisas, coisas horríveis. Atiraram-me pedras, muitas pedras. Não paravam. Não sei porquê. Não sei porquê.

Nada do que eu dizia conseguia convencê-lo a sair do lago. Tinha de ficar, dizia ele, até conseguir apanhar todos os pedacinhos que faltavam. Chegaram então o meu pai, e também a minha mãe, que entraram pela água para irem ter connosco. Cada um deles pegou-lhe por um cotovelo e, ignorando todos os seus protestos, levaram-no para fora do lago. Quando me voltei para trás, vi os patos a aproximarem-se das lascas de madeira e a debicarem-nas, largando-as em seguida e nadando para longe com ar desconsolado.

Depois do que aconteceu com o *Lucie Alice* o Popsicle rapidamente voltou a ficar muito em baixo. O Dr. Wickens disse que ele não estava gravemente doente. Que estava apenas ligeiramente deprimido. Mas até eu conseguia ver que era muito mais do que isso. Cada dia que passava, mais ele mergulhava no desespero. Agora, todos os dias eram negros. Ele sentava-se na sua cadeira, com os olhos muito abertos, mas sem ver nada. Não estava connosco.

Parecia perdido numa tristeza profunda, da qual não conseguia libertar-se. Disse-lhe que não se importasse com o que tinha acontecido ao *Lucie Alice*, que ele podia sempre voltar a construir outro. Afagava-lhe a mão e dizia-lhe que íamos os dois construí-lo. Acho que ele quase nem se apercebia de que eu estava ali. Não tinha vontade de comer. Até recusava o leite condensado.

O médico voltou uma noite para dar uma injecção ao Popsicle, só para o ajudar a «arrebitar», conforme ele disse. Os meus pais mandaram-me ir para o andar de cima, e ficar lá um bocado. Queriam ter uma conversa particular com o médico. Eu ouvia-os a falar em voz baixa na cozinha, mas havia também o barulho da água a correr da torneira, ou a ferver na chaleira, e não conseguia entender o que eles diziam.

Na escola demorei alguns dias para reunir coragem, antes de conseguir sentir-me capaz de fazer o que tinha a fazer, de dizer o que tinha a dizer. A Shirley Watson sabia que isso ia acontecer. Tinha o remorso estampado no rosto. Não conseguia ocultá-lo. Dia após dia, eu olhava-a da outra ponta da sala de aula, olhava-a no recreio, só para que ela soubesse que eu sabia que fora ela que fizera com que o *Lucie Alice* se afundasse, ela e as suas amigas. A princípio tentou olhar-me também fixamente, mas de todas as vezes era eu que ganhava a batalha dos olhares, e ela tinha de desviar os olhos.

Eu esperava que chegasse o meu momento. Este surgiu num dia em que a encontrei sozinha. Dirigi-me a ela. Ficámos cara a cara. Não sei como consegui manter a coragem.

— Porquê? Por que razão fizeste aquilo? — a minha voz soava mais firme do que eu ousara esperar. — O meu avô fez aquele barco para mim. Demorou semanas e semanas. O que tu fizeste levou-o a adoecer, a ficar gravemente doente. Sentes-te feliz com isso? — olhei-a bem nos olhos, destemida — Diz lá, sentes-te feliz? Sentes?

Então, sem nada responder, ela voltou costas e foi-se embora a correr.

Quando nessa tarde regressei a casa ia a cantar de triunfo, cá por dentro. Contei ao Popsicle a maneira como tinha enfrentado a Shirley Watson. Não percebi se ele tinha entendido tudo, mas parecia que estava a ouvir-me. Quando acabei apenas passou a mão pelo meu rosto e esboçou um sorriso triste.

— Lucie Alice — disse ele. — Lucie Alice.

E foi tudo.

Se havia quaisquer indícios daquilo que estava para acontecer, não dei por eles. Ou talvez não quisesse vê-los. Durante cerca de uma semana, a meio do período escolar, todos os dias ia uma enfermeira ver o Popsicle, e o médico aparecia também quase todos os dias. Os meus pais iam muitas vezes para o jardim, andando de um lado para o outro, e falando com um ar muito sério, mas mantendo-me sempre à parte dessas conversas. Ao jantar trocavam longos olhares cúmplices, e o meu pai, conforme reparei, estava muito mais atencioso para com o Popsicle do que era habitual.

Eu tinha acabado de chegar da escola. Estava a pendurar o casaco à entrada. Lembro-me que achei muito estranho estarem os dois carros estacionados lá fora, tanto o meu pai como a minha mãe terem chegado a casa tão cedo. Estavam os dois à minha espera quando entrei na cozinha. Ela deveria estar na escola. Ele também deveria estar a trabalhar. Não havia dúvida de que se passava alguma coisa.

— Onde está o Popsicle? — perguntei, deixando cair pesadamente a mala no chão.

— Senta-te, Cessie — disse o meu pai. — Temos uma coisa para te dizer — e olhou para a minha mãe, como que a pedir ajuda.

— É sobre o Popsicle, Cessie — ela procurava dizer-me algo que não queria dizer. — Não te preocupes, não aconteceu nada de muito grave — continuou. — Apenas tivemos de... tivemos de o mandar para fora de casa durante algum tempo. Não conseguimos tê-lo aqui da maneira como ele está, é impossível. Ele não tomava os comprimidos como devia tomar. Fomos obrigados a tomar uma decisão.

— O que querem dizer com «mandá-lo para fora de casa»?

— Bem .. — começou ela, sem olhar para mim enquanto falava. — Ele foi para uma espécie de casa de repouso para pessoas idosas, onde podem cuidar dele como deve ser. Onde terá tudo aquilo de que precisar.

— Xangri-La — acrescentou o meu pai. — É como se chama a casa de repouso. É uma casa muito bonita. Ele lá está muito bem, Cessie. É a melhor solução para ele, garanto-te que é.

— Agora estou a pensar — continuou a minha mãe —, ainda há poucos dias a Cessie me fez perguntas sobre Xangri-La, não foi, Cessie? Que engraçado!

Não tinha graça nenhuma, mesmo nenhuma.

8

O *LUCIE ALICE*

Durante dias não falei com nenhum dos dois. No que dizia respeito a mim, tão culpado era um como era o outro. Passava grande parte do tempo sozinha no meu quarto, a cismar na coisa horrível que tinham feito ao Popsicle. Eles vinham frequentemente ter comigo, sentavam-se na minha cama e tentavam falar-me no assunto. Diziam-me que tinha de compreender que, de momento, Xangri-La era o melhor sítio onde ele podia estar, para além de ser uma casa muitíssimo bonita. Que melhor não havia. Mas eu continuava surda a todas as explicações, a todas as desculpas.

— Não será para sempre, bem sabes — dizia-me a minha mãe. — É só durante algum tempo, até ele ficar melhor.

— Não penses mal de nós, Cessie — pedia o meu pai. — Sei como deves estar aborrecida, mas que havíamos de fazer? No estado em que ele está, precisa de uma assistência permanente. Eu tenho de ir trabalhar. A tua mãe também. Tu tens de ir para a escola. Não podíamos deixá-lo sozinho em casa, da maneira como ele está. Lembras-te do incêndio? Não vale a pena continuares assim, bem sabes disso. Não serve de nada, Cessie. Não é por estares assim que o Popsicle volta para casa.

Mas o que custava não era só o facto de terem mandado o Popsicle para fora de casa, nem mesmo o sítio para onde o tinham mandado, disso eles não tinham a culpa, era a maneira como o tinham feito, cobardemente, às escondidas. Eu não era estúpida. Compreendia que o Popsicle não podia ficar sozinho em casa. Compreendia até que da maneira como ele estava podia fazer mal a si próprio, sofrer algum acidente. Mas eles tinham-no mandado para Xangri-La, precisamente para o sítio que o Popsicle mais temia, e sem me terem dito nada. Eu poderia tê-los avisado. Poderia ter-lhes contado.

Tomada a decisão de nunca mais lhes dar a satisfação de me ouvirem tocar violino, esperava até ter a certeza de que estava sozinha em casa antes de começar a praticar. Terminava sempre com a música *Nowhere Man*, dedicando-a ao Popsicle, e prometendo-lhe em pensamento, enquanto tocava, que havia de arranjar maneira de o tirar de Xangri-La. Não conseguia tocar essa melodia sem chorar por ele. Foi numa tarde em que estava a tocá-la que decidi que tinha de pôr fim àquele desânimo, e de fazer o que havia a fazer antes de mais nada.

Guardei o violino e fui buscar a minha bicicleta, que estava ao fundo da garagem. Se ia salvá-lo, então tinha de ir primeiro falar com ele. O primeiro passo era descobrir onde ficava a casa de repouso Xangri-La. Perguntei a um carteiro.

— É em Cliff Road — disse-me ele —, na estrada que segue junto à costa, no sentido oeste quando se sai da cidade, no alto de uma colina.

Vim a descobrir que ficava bastante afastada da cidade, para além do porto, da marina, pelo menos a alguns quilómetros de distância. A colina era muitíssimo íngreme, mas eu estava decidida a continuar a pedalar até ao cimo. Quando lá cheguei, desmontei, respirando com dificuldade, e fiquei um bocado a descansar. Lá estava ela do outro lado da estrada: «Xangri-La. Casa de Repouso para a Terceira Idade». Para lá do portão branco, que estava fechado, havia uma entrada que dava para uma alameda com árvores, todas elas inclinadas e enfezadas por causa do vento. Havia relvados e rododendros e, avistando-se com dificuldade dali da estrada, uma grande casa de telhado inclinado, pintada de cor creme e com janelas brancas, em muito bom estado de conservação.

Parecia não haver por ali ninguém, por isso abri o portão e entrei, empurrando a bicicleta pela alameda acima. Só o átrio era tão grande como toda a parte da frente da nossa casa. Tinha colunas trabalhadas em toda a volta, lembrando um templo, e dois leões de pedra fitavam-me, um de cada lado da porta principal. Toquei a campainha de latão e recuei um pouco. Acho que não estava assustada, mas sentia o coração a bater com força nos meus ouvidos. Não apareceu ninguém. Toquei outra vez. Ninguém. Levei a bicicleta comigo, fui andando em redor da casa e pus-me a espreitar pela primeira janela que encontrei.

Eles estavam sentados em volta da sala, homens e mulheres de idade, alguns a dormir com a cabeça inclinada, e de boca aberta;

outros a olhar para o vazio, com as mãos trémulas no regaço. Alguns estavam a ler revistas. Uma delas levantou o olhar na minha direcção, olhou mesmo para mim, pareceu-me, mas não me viu.

Era uma sala enorme, quadrada, com um tecto alto de onde pendia um lustre. Nas paredes havia quadros com molduras douradas, com gravuras de cavalos de tiro e barcos à vela e festas de aldeia, por baixo deles estavam alinhadas cadeiras de um verde-acinzentado, com braços de madeira. Ao canto estava um televisor ligado, mas parecia que ninguém estava a dar-lhe atenção.

Eu ia vendo se descobria o Popsicle no meio daqueles rostos, mas não conseguia vê-lo, pelo menos a princípio. Só quando ele se levantou e atravessou a sala na minha direcção é que o reconheci. Tinha as bochechas descaídas e a pele amarelada. Estendeu a mão para mim.

— Cessie — pronunciou.

Ouvi uma voz atrás de mim.

— Mas o que é isto? — o seu cabelo grisalho tinha um aspecto tão engomado e rígido como o uniforme branco. Era uma mulher de lábios finos, rosto doentio e olhos pequenos e penetrantes. — Costumas fazer isto, é? Estar a espreitar pelas janelas das pessoas?

Atravessei o relvado a correr, saltei para a bicicleta e desci até ao portão. Aí desmontei, debati-me com o trinco que estava emperrado, abri completamente o portão e finalmente escapei-me. Nunca olhei para trás, nem uma só vez.

Não ia desistir. Desse por onde desse, tinha de ver o Popsicle. Tinha de falar com ele, de lhe dizer que não tinha tomado parte na conspiração, que não soubera de nada. E nessa noite quebrei o silêncio pela primeira vez.

— Quero ir visitar o Popsicle. Até na prisão as pessoas podem receber visitas, não é?

Pareceram aliviados por ter voltado a falar com eles.

— Iremos lá em breve — disse a minha mãe. — Disseram-nos que devíamos deixar passar algum tempo. Mas já faz agora duas semanas. Podemos ir lá no sábado, não achas, Arthur?

— Por que não? — respondeu o meu pai, e depois sorriu-me.
— Fazemos as pazes?

— Sim — concordei, embora no meu íntimo sentisse que não.

Tive de aguentar vários dias, que me pareceram longos, até chegar a sábado. Tinha-se espalhado a notícia de que o Popsicle estava em Xangri-La. Acho que a tia da Mandy Bethel trabalhava lá em *part-time*, como enfermeira. Desde que eu tinha enfrentado a Shirley Watson, ela e a Mandy Bethel e as outras evitavam-me, graças a Deus. Mas havia algumas que achavam que deviam dizer-me alguma coisa. Queriam ser simpáticas, mas às vezes isso não resultava. «As pessoas que lá estão são todas já muito idosas.» «Deve ser horrível para ele, estar a viver com todos aqueles velhotes.» «Já os tenho visto, quando saem para dar um passeio de autocarro. Parecem pré-históricos.» E por aí fora. Eu ia aguentando conforme podia, mas não era nada fácil.

Na manhã de sexta-feira, tivemos Religião e Moral com a Sr.ª Morecambe. A aula foi uma autêntica confusão, como era frequente acontecer com esta professora. Ela nunca conseguia dominar muito bem o comportamento dos alunos, mas pelo menos abordava sempre temas com interesse. Estava a falar do hinduísmo e da transmigração das almas. Alguns dos alunos aproveitaram a oportunidade para resolverem apresentar sugestões sobre o que gostariam de ser na sua próxima vida. Surgiram todos os tipos de ideias ridículas: elefantes, cangurus, besouros estercorários, pernilongos, até uma pulga. Finalmente, ela fartou-se. Bateu com força na mesa.

— Isto não é assunto para se estar a brincar! — vociferou, com os olhos a chispar. — Já era tempo de alguns de vocês terem aprendido que a vida não é apenas uma brincadeira, tal como a morte não é.

Ainda se ouviam alguns risinhos abafados.

— Quando chegar a vossa vez, não irão achar tão divertido, e podem estar certos de que a vossa vez também chegará — continuou. — Ela chega a todos nós. Tenho uma tia que está agora internada em Xangri-La. E que nunca mais de lá sairá. Já há cinco anos que lá está. Tem a doença de Alzheimer. Não consegue comer pela mão dela. Tem dias em que nem sabe quem ela própria é. Há dois anos que já não me reconhece.

De repente, toda a gente estava a olhar para mim.

— Acreditem no que vos digo — continuou a Sr.ª Morecambe —, envelhecer não dá vontade de rir.

Já ninguém se ria.

A Sr.ª Morecambe chamou-me depois de terminar a aula. — Não é assim tão mau estar em Xangri-La, Cessie. Eles fazem o que podem pelas pessoas —, acrescentou, mostrando que também ela já sabia. — Não fiques preocupada.

Isto foi simpático da parte dela, mas não me deu nenhum consolo. A lembrança do rosto atormentado do Popsicle através da janela assombrava-me noite e dia. O seu pior pesadelo tinha-se tornado realidade, e eu tinha culpas, pelo menos em parte. Tinha-lhe prometido que ele nunca iria para Xangri-La, e quebrara a promessa. Havia de arranjar maneira de o tirar de lá. Fosse como fosse.

Não pensava em mais nada. Ocorreu-me a ideia de que o Popsicle e eu podíamos fugir juntos durante a noite e ir até à estação do caminho-de-ferro. Apanharíamos o primeiro comboio da manhã, não importa qual fosse o destino. Eu tinha quase cem libras na minha conta-poupança, o suficiente para nos podermos manter durante bastante tempo. Ele podia construir réplicas de barcos, e vendê-los-íamos. Eu cuidaria dele. Ele ficaria bem, Ficaríamos ambos muito bem. Havíamos de encontrar uma casa nalgum sítio longínquo, onde nunca ninguém pensaria ir à nossa procura.

Sabia que tudo isto não passava de um sonho, mas continuava agarrada a esta ideia, e tinha a esperança de pelo menos conseguir pôr em prática parte deste sonho.

Ia ainda cheia de esperança e de sonhos quando no sábado de manhã nos dirigimos a Xangri-La. Saímos da estrada para virar e depois subimos a colina.

— Vês, Cessie? — perguntou a minha mãe. — É como te tínhamos dito. Não é tão bonito? Tem uma vista linda, canteiros com rosas. Também têm um recinto para jogar *croquet*, olha ali. E devias ver lá por dentro. Têm biblioteca. Sala de televisão. Tudo com carpetes. É como um paraíso numa colina. E que lindas vistas sobre o porto. Não é por acaso que lhe ‚chamam Xangri-La.

Não éramos os únicos visitantes. Havia meia dúzia de carros estacionados em frente da entrada, e no relvado dianteiro algumas pessoas jogavam *croquet*, acompanhadas de crianças pequenas que saltavam por cima dos arcos como se estes fossem barreiras.

— Talvez estejam ali os nossos futuros campeões olímpicos, senhor Stevens — disse uma voz atrás de mim, uma voz que imediatamente reconheci. Aproximando-se a passos largos vinha a tal senhora engomada com o uniforme branco que eu encontrara quando lá fora, a senhora com os olhos pequenos e penetrantes e os lábios muito finos. Procurei esconder-me atrás da minha mãe.

— Ontem à tarde ouvi o seu programa, senhor Stevens. Muito bom, como sempre, muito bom. E quem é esta menina?

— É a Cessie, a neta do Popsicle — respondeu a minha mãe, desviando-se para o lado e deixando-me completamente a descoberto. — Cessie, esta é a senhora Davidson. É a enfermeira-chefe, e está a cuidar do Popsicle.

Eu não precisava de me ter preocupado em ser reconhecida. A senhora Davidson não estava nem um pouco interessada em mim. Em breve estava a conversar animadamente com os meus pais. Tinham-se esquecido por completo que eu ali estava.

— Ainda cá está há pouco tempo, — continuava a Sr.ª Davidson —, mas o seu pai já fez grandes progressos, senhor Stevens. Estará um pouco rabugento, é natural, mas nós aqui já estamos habituados. Continua a não querer tomar os medicamentos, mas estamos aqui para isso. Quando Maomé não vai à montanha...

— Mas ele agora já come melhor? — perguntou a minha mãe.

Tinham virado costas, os três, e dirigiam-se para a casa. Aproveitei a ocasião e fugi. Tinha decidido que havia de encontrar o Popsicle antes deles e que lhe contaria os meus planos de fuga. Ele tinha de saber que eu não o tinha abandonado, e que nunca o faria.

Devia estar completamente absorta. Ia a atravessar o relvado, passei pelos canteiros de roseiras e segui em direcção à janela onde tinha visto o Popsicle, quando fui de encontro a um homem numa cadeira de rodas.

— Para onde é que vai com tanta pressa, minha menina? — pensei que ele estivesse furioso comigo, mas não estava. — Vai visitar alguém, é?

— Estou à procura do Popsicle, do meu avô — respondi.

Quando sorriu vi que tinha os dentes muito certinhos, e muito amarelos. Estendeu-me a mão.

— Sou o Harry — disse —, e tu deves ser a Cessie. Ele está sempre a falar de ti. E és muito bonita, tal como ele disse. Um grande homem, o teu avô. E não está para aturar a antipática da Mulher-Dragão.

Eu soube logo de quem é que ele estava a falar. Olhou em volta e depois fez-me sinal para que me aproximasse.

— Ela é toda sorrisos nos dias das visitas. Mas é totalmente diferente quando se vão embora. Fala connosco aos gritos, como se fôssemos surdos. Trata-nos como se fôssemos débeis mentais. Estou a dizer-te. Não está certo o que ela faz. Não está certo. O Popsicle é o único que lhe responde. E ela não gosta nada disso, mesmo nada. Até já foi contar ao médico, mas o Popsicle não se rala.

— Onde está ele? — perguntei.

— Costuma ir para um terreiro no alto dos rochedos, onde antigamente havia canhões. Fica lá sentado, a ver os barcos entrarem e saírem do porto, às vezes a observar as aves, ou a ler os seus poemas. É doido por poesia, não é? Diz que aquele é o melhor local para estar com os seus pensamentos — apontou para um sítio que se avistava entre as árvores. — É ali, e ele não gosta de ser incomodado. Mas não se vai importar, se fores tu.

Comecei a dirigir-me para lá, mas ele ainda não tinha acabado.

— Vou dizer-te mais uma coisa. O teu avô ainda não está cá há muito tempo, mas veio trazer uma lufada de ar fresco. Põe-nos bem-dispostos. E estamos-lhe gratos por isso. Mas agora vai lá ter com ele.

Fui encontrar o Popsicle de pé, em cima de uma pequena construção de cimento. Esta tinha dois buracos, um de cada lado, que deviam ter servido para apoiar os canhões. Estava a olhar para o mar, com uns binóculos. Não me tinha ouvido, por isso subi até junto dele e dei-lhe uma palmadinha no ombro. Quando me viu, o seu rosto iluminou-se.

Abraçou-me com muita força durante uns momentos e depois segurou-me as mãos com os braços estendidos. Pareçia agora muito mais feliz do que da última vez que o tinha visto, já se assemelhava mais ao antigo Popsicle.

— Ah, Cessie, tenho estado sempre na esperança de te ver voltar. Todos os dias tenho estado à tua espera. Aquela mulher, a Mulher-Dragão, não te apanhou quando cá vieste da outra vez? Não?

Respondi que não com a cabeça. Tinha tudo pensado para lhe contar, todo o meu plano de fuga, mas ele nem me dava hipóteses de começar.

— Bem, muito bem. Agora ouve-me, Cessie. Tenho boas notícias para ti. Lembrei-me de uma coisa, uma coisa importante. Aquele barco que fiz para ti, não é apenas um barco.

— Que quer dizer com isso?

Os olhos dele brilharam de excitação.

— É onde eu vivo, Cessie. É a minha casa. Vivo no *Lucie Alice*.

Eu devo ter feito uma expressão de dúvida.

— É verdade, Cessie. Moro naquele barco. A sério. Há dias acordei e lembrei-me. Não me perguntes como. Acho que é a minha antiga memória a despertar finalmente. E já não era sem tempo. É igualzinho àquele que fiz para ti, aquele que elas fizeram afundar. Não estou maluco, Cessie, garanto-te que não estou. Durante algum tempo pensei que estava a enlouquecer, e senti-me muito assustado. Acreditas em mim, não acreditas?

— É claro que acredito — respondi —, embora não estivesse muito segura disso. — Mas onde é que ele está então? O barco onde mora, onde é que ele está? — vi-me obrigada a perguntar.

Subitamente, pareceu ficar muito abatido.

— Aí é que está o problema, Cessie. É disso que não me lembro. Ele tem de estar atracado nalgum sítio, não é? Continuo a fazer um esforço para me lembrar, e hei-de conseguir. Hei-de lembrar-me. Vais ver.

Duas gaivotas passaram sobre as nossas cabeças e viraram na direcção do mar.

— Gaivotas de cauda negra, de porte mais pequeno — disse ele. — Vê — continuou, soltando os binóculos do pescoço e entregando-mos.

Demorei alguns momentos para os focar. Vi-as depois a pairar sobre a corrente de ar quente acima dos rochedos.

— Era o que eu gostava de ser, livre como as aves — suspirou o Popsicle. — Toda a minha vida houve uma coisa que detestei, Cessie. Sabes o quê? Ficar confinado, fechado, a receber ordens. Por isso sempre tive horror a vir para Xangri-La. Ouvi um amigo meu, chamado Sam, contar muitas coisas sobre isto aqui. Ele tinha um irmão mais velho, que ficou transtornado da cabeça. Por isso o Sam teve de o mandar para cá, para que cuidassem dele. Ele detestava cá estar, e nunca mais saiu. Isso não vai acontecer comigo, Cessie. Vou sair daqui, assim que puder — estava agora furioso, como eu nunca o tinha visto. — Há aqui pessoas muito boas, mas aquela Sr.ª Davidson, a Mulher-Dragão, aquela a quem temos de obedecer, já a tenho visto a gritar com os outros internados, Cessie. Talvez sejamos um bocado lentos. Alguns de nós não conseguimos reter a urina. Mas ninguém tem a culpa, pois não? E ela põe-se a gritar connosco. Não está certo, Cessie, não é justo. É uma ditadora. Ouve bem, Cessie, vou sair daqui e, se puder, levo comigo o Harry e os outros. Garanto-te que vou. Assim que me lembrar onde é que o meu barco está, ponho-me a andar daqui para fora.

Foi então que ouvi a voz da minha mãe vinda do lado das árvores.

— Popsicle! — dirigia-se rapidamente para nós, acompanhada pela Sr.ª Davidson e pelo meu pai.

— Temos andado à sua procura, senhor Stevens. Pensei que lhe tinha dito que não saísse de casa, que ficasse na sala para receber as suas visitas — disse a Sr.ª Davidson, num tom mais impaciente do que aquele com que falara até então.

— Como está, Popsicle? — perguntou a minha mãe, ajudando-o a descer de cima do bloco de cimento. — A senhora Davidson diz que ultimamente já anda a comer muito bem. É bom ouvir isso, muito bom — respirou profundamente, voltada para o lado do mar. — Isto aqui é uma maravilha!

— Tem então passado bem, não é? — perguntou o meu pai.

— Cada vez melhor, Arthur. E sabes porquê? Estava a contar à Cessie. É que já me lembrei. Já me lembrei onde moro. É no *Lucie Alice*.

Todos ficaram a olhar para ele, perplexos.

— É verdade. É num barco, igual àquele que fiz para a Cessie. É um barco salva-vidas, e é nele que eu vivo.

Não ficámos lá muito tempo a conversar. O Popsicle fez tudo o que pôde para explicar como é que tinha tanta certeza daquilo que dizia sobre o *Lucie Alice*; e de como, apesar disso, ainda não era capaz de se lembrar onde é que ele estava atracado.

— Mas vou conseguir lembrar-me — dizia ele —, ai isso é que vou.

Mas eu consegui aperceber-me daquilo que ele não conseguiu; foi o facto de todos eles acharem que o Popsicle estava a perder o juízo, que Xangri-La era o sítio indicado para ele, e onde teria de ficar.

Entretanto, a Sr.ª Davidson não tirava os olhos de mim. Percebi que estava a começar a reconhecer-me.

Quando já nos vínhamos embora, ela agarrou no braço do Popsicle.

— Acho que é melhor ir para dentro agora, senhor Stevens, não acha? Está um bocado ventoso aqui fora.

— Não, estou muito bem aqui — respondeu ele, soltando o braço. — Gosto de sentir a brisa. Ajuda a afastar o mau cheiro, se é que me entende.

A Sr.ª Davidson lançou-lhe um olhar furioso.

Quando nos despedimos dei-lhe um abraço o mais longo e apertado que pude, para que ele o recordasse depois de eu me ir embora. Foi tudo o que consegui fazer para reprimir as lágrimas.

— Não chores por minha causa — sussurrou-me —, já me basta o que me custa a mim.

A minha mãe também lhe deu um beijo de despedida.

— Não é para sempre, Popsicle — disse ela. — Sei que compreende. É só até ficar melhor. Nós voltaremos em breve.

O meu pai despediu-se com um aperto de mão. Entre eles houve apenas uma leve inclinação de cabeça e uma breve troca de olhares.

— Estão a ver o que eu dizia — disse a Sr.ª Davidson enquanto nos afastávamos do Popsicle —, ele diz coisas tão estranhas. Vive como que num mundo de fantasia, mas há-de ficar bem. Demora sempre algum tempo. Eu cuido dele, não se preocupem.

Para mim, aquela frase soou como uma ameaça.

Voltámos para casa em silêncio. Esperei até que o motor estivesse desligado, antes de lhes dizer exactamente o que pensava.

— Não sei como é que são capazes de fazer isto, como é que podem deixá-lo ali com aquela mulher horrível.

Ficaram calados, o que me levou a continuar.

— Não acreditam nele, não é isso? Nunca acreditam. Se ele diz que vive num barco salva-vidas, é porque vive. Por que razão havia de inventar uma coisa dessas? Acham que ele está doido, não é? Mas vocês é que estão doidos. Não confiam nele? Por que é que nunca confiam nele?

Nessa noite fiquei muito tempo acordada, fazendo a mim própria essa mesma pergunta. Por mais que tentasse afastar as minhas dúvidas, elas não me largavam. O Popsicle estaria mesmo no seu perfeito juízo? Como é que ele podia viver num barco salva-vidas? Se eu conseguisse encontrar o *Lucie Alice*, se ao menos conseguisse provar que esse barco existia... Já sabia o que tinha a fazer. Acho que nem dormi nada.

Levantei-me cedo. Disse-lhes que ia dar uma volta de bicicleta. Procurei na marina, de uma ponta a outra, e a seguir também no porto. Não havia nenhum barco salva-vidas. Voltei a sair depois do almoço e procurei outra vez. Não havia nenhum *Lucie Alice*. Nunca ninguém tinha ouvido falar dele. Talvez eles tivessem razão, afinal. Talvez o Popsicle *estivesse* mal da cabeça. Talvez estivesse doido. Lembrei-me do que a Sr.ª Morecambe tinha contado sobre a tia dela na aula de Religião e Moral, de como ela estava a morrer com a doença de Alzheimer. Fui procurar informar-me sobre esta doença num dicionário médico que a minha mãe tinha na prateleira dos seus livros. Demorei um bocado a encontrá-lo, porque não sabia como se escrevia a palavra. Tudo o que li confirmou os meus piores receios. A doença de Alzheimer começava por dificuldades de pensamento, com perdas de memória intermitentes. Quando acabei de ler tinha quase a certeza de que o Popsicle se encontrava na fase inicial desta doença.

Após duas noites sem dormir, no dia seguinte estava tão cansada e preocupada que quase nem conseguia pensar em condições. A última pessoa do mundo que queria encontrar na escola era a Shirley Watson. Eu estava a almoçar sozinha debaixo de uma árvore, quando levantei os olhos e a vi a aproximar-se de mim. Não podia fazer nada para a evitar. Ela ficou durante uns instantes a olhar-me lá do alto. Pensei que ia dar-me um pontapé na cabeça.

— Sabes aquele barco? — perguntou-me num tom conciliador, quase simpático. — Bem, eu vi-o.

— Que queres dizer com isso? Deste cabo dele, já não te lembras?

— Não, refiro-me a um barco grande, um barco verdadeiro. Lá em baixo no canal. Ao pé das comportas. Já lá estiveste? Respondi que não com a cabeça.

— Ontem fui para lá pescar com o meu irmão. Havia muitas embarcações atracadas lá em baixo, perto dos antigos depósitos, e mesmo ao fundo estava o tal barco, é como aquele que o teu avô fez. Igualzinho. Não estou a gozar contigo, Cessie, juro. Ele está lá, está mesmo. «*Lucie...*» qualquer coisa, é o nome dele. Tem uma grande chaminé amarela. E é azul, tal como o... — falava nervosamente, sempre a mudar de um pé para outro — Vou mostrar-to, se quiseres. Depois da escola?

9

DESAPARECIDO

Foi uma grande caminhada desde a escola até ao canal, que ficava precisamente do lado oposto da cidade. Durante todo esse tempo senti-me pouco à vontade. A Shirley Watson também pouco falou. Nunca nenhuma de nós mencionou o afundamento do *Lucie Alice*. Ela perguntou pelo Popsicle, e pareceu-me realmente preocupada, como se de facto se importasse com ele. Nem parecia coisa dela. Entretanto eu sentia que podia estar a ser atraída para qualquer armadilha. Só continuei a acompanhá-la porque sabia que tinha de haver alguma verdade na sua história. Não havia possibilidades de mais alguém ter sabido o que o Popsicle me tinha contado em Xangri-La sobre o *Lucie Alice*. Ela não podia ter tido aquela ideia, assim sem mais nem menos. Mas a Shirley Watson era a Shirley Watson, por isso eu estava de pé atrás.

À medida que nos aproximávamos das comportas eu ia ficando cada vez mais intrigada, mas também mais ansiosa. Ela parou em cima da ponte e apontou.

— Ali, vês?

Primeiro só consegui ver a chaminé, uma chaminé amarela lá para trás das embarcações de recreio pintadas de cores vivas. Mas depois vi a parte lateral do barco, azul escura, mais larga do que a dos outros barcos, com o casco sobressaindo no canal, uma corda pendendo a todo o comprimento, formando arcos, tal como no barquinho que o Popsicle tinha feito para mim. Olhei em volta muito nervosa, em parte porque estava à espera de qualquer tipo de emboscada.

— Há algum problema? — perguntou Shirley Watson.

— Sim, tu — respondi. E então olhei-a directamente nos olhos. — Por que razão estás a fazer isto? Por que é que me trouxeste aqui?

Não sabia que a Shirley Watson era capaz de chorar, mas de repente os seus olhos ficaram cheios de lágrimas autênticas.

— Aquilo que aconteceu ao teu avô, eu não queria que tivesse sido assim. Mas as coisas perderam o controlo. Não sei porque fizemos aquilo, e só queria...

Não foi capaz de dizer mais nada. Virou costas e foi-se embora, deixando-me sozinha junto ao canal.

Quando eu ia a atravessar a ponte começou a chover. Segui apressadamente pelo pontão, passando pelas embarcações, que tinham nomes como *Kontiki* e *Hispaniola*, e então, mesmo em frente de uma delas, lá estava a proa do barco salva-vidas erguendo-se majestosamente da água, com o nome pintado no lado, a grandes letras vermelhas: *Lucie Alice*. Passei por cima das cordas com que estava preso ao molhe e fiz deslizar a minha mão pelo casco. Via-se que era um barco sólido, robusto.

O pontão, à minha frente e atrás de mim, estava deserto, tal como me pareceu que estava o barco. Chamei em voz alta.

— Está aí alguém? Está alguém a bordo?

Vi então a enorme roda do leme, de madeira polida e latão, da altura de um homem, e a seguir a escuridão da cabina lá em baixo. A única diferença entre este barco e o modelo feito pelo Popsicle, além do tamanho, é claro, era que este não tinha nenhum homem de pé agarrado à roda do leme, vestindo um fato impermeável. Em todos os outros pormenores este era um barco igual. Chamei mais uma vez, só para ter a certeza. Não houve resposta, e não estava ninguém a ver-me, com excepção de um casal de cisnes que ia a passar perto de mim, no canal. Pareceu-me que podia entrar no barco em segurança.

Durante alguns momentos fiquei de pé junto à roda do leme, segurando-a. Não era difícil imaginar os mares com ondas alterosas e a vibração das máquinas e os gritos dos marinheiros naufragados. Quase conseguia sentir os borrifos de água no rosto e o vento cruel fustigando as ondas, num turbilhão à minha volta. Agarrei-me com mais força à roda do leme, como que para me proteger, tal como o homem do fato de oleado. Ergui o olhar para a chaminé, mas a chuva fez-me arder os olhos, e fui obrigada a desviá-los. Havia um passadiço que levava à parte inferior, talvez à cabina, ou à sala das máquinas.

Na escuridão oleosa abaixo do convés principal era difícil, a princípio, distinguir as coisas. Vi as silhuetas de dois grandes motores a meio do barco, e a seguir a eles uma pequena porta com um manípulo de latão. Tentei abri-la, mas estava bem fechada à chave. Rodei novamente o manípulo e sacudi-o. Encostei um ombro à porta e empurrei. Não cedeu. Só então me ocorreu a ideia de que estava a invadir propriedade alheia e, mais grave ainda, que podia ser apanhada.

O barco respirava e gemia em meu redor, como se fosse uma criatura humana, como se soubesse que eu era uma intrusa e estivesse a dizer-me precisamente o que pensava de mim. Os meus olhos estavam agora mais acostumados à escuridão, e vi à minha esquerda, abaixo de um pequeno lance de escada, aquilo que me pareceu uma cozinha — um pequeno lava-loiça, uma banca, um bico de gás. Havia um frasco de detergente para a loiça em cima da prateleira e algumas caçarolas e frigideiras penduradas em ganchos por cima do lava-loiça. Estava tudo muito limpo e arrumado.

Estendia a mão para a torneira, para ver se funcionava, quando ouvi passos no convés, mesmo acima da minha cabeça.

— Vem cá para cima, quem quer que sejas — soou uma voz de homem, e nada amistosa. — Sei que estás aí em baixo.

Pensei em esconder-me no escuro, mas sabia que não me valeria de nada. Não tinha por onde fugir. Mais cedo ou mais tarde ele acabaria por encontrar-me. Não tinha outra hipótese. Subi para a luz do dia.

Ele tinha um boné de marinheiro com pala, que estava puxado para trás, e vestia uma camisola cheia de buracos, de um tom azul-marinho. Apontava o cachimbo na minha direcção, como se fosse uma arma.

— Mas que raio pensas que estás aqui a fazer?

O meu cérebro foi percorrido de pensamentos. Sabia que mostrava um ar de culpa.

— És uma destruidora? Como esses vândalos que por aí andam?

— Não — foi tudo o que consegui responder.

— Então? Isto é propriedade privada. Não podes andar a meter o nariz em propriedades privadas, só porque te apetece. Vocês, os jovens, agora são todos assim. Acham que podem fazer o que lhes apetece. Pois não podem, pelo menos no que me diz respeito. Sou o guarda da barragem. E tomo conta de todas as embarcações que estão atracadas no canal. São essas as minhas funções. Este barco é de um amigo meu, e por sinal um bom amigo. Foi ele próprio quem o fez. É o orgulho e a alegria da sua vida.

— O meu avô — disse eu.

As gaivotas sobrevoavam-nos, piando. E de repente vi como tudo se encaixava.

— Ele é o meu avô — repeti.

Tudo o que o Popsicle contara até então era verdade. Ele *via* a água das suas janelas. *Havia* patos no canal, e as gaivotas *andavam* sempre a piar sobre a casa dele. A sua casa *era* o barco, e o nome *deste* era *Lucie Alice*, tal como ele tinha dito.

— Esse teu avô — continuou o guarda, e percebi pelo seu tom de voz que não acreditava em mim —, como é então o seu nome?

— Stevens. O mesmo nome que eu tenho. Mas nós chamamos-lhe Popsicle. Toda a gente o trata assim.

Ele pareceu ter sido colhido de surpresa, quase desapontado.

— E tem o cabelo comprido, amarelado, e preso atrás num rabo-de-cavalo — continuei.

O guarda da barragem demorou um ou dois minutos para se recompor.

— Então ele é mesmo teu avô?

Acenei afirmativamente.

— Não sabia que tinha família. Ele está bem? Já há tanto tempo que não o vejo! Há já pelo menos alguns meses. Sei que de vez em quando vai dar as suas voltas; mas desta vez já foi há muito tempo. Estava a ficar preocupado.

— Ele tem estado doente. Tem estado connosco — respondi.

— Mas não é nada de grave, espero?

— Não, e agora já está melhor, obrigada. O problema é que... — prossegui, inventando à medida que ia falando — ...ele pediu-me que viesse buscar umas coisas que guarda na cabina. Mas ela está fechada à chave.

O guarda sorriu-me, e percebi que já o tinha convencido.

— É fácil; e se és neta dele, como dizes, acho que ele não se importa que eu te diga isto. A chave está na cozinha. Ele guarda-a dentro da lata do chá, por baixo do lava-loiça. Diz-lhe que o seu amigo Sam lhe manda um abraço, está bem?

— O senhor é que é o Sam? — perguntei.

— Sou. Ele falou-te de mim, foi?

Era então este o amigo de quem o Popsicle tinha falado, o amigo cujo irmão tinha sido levado para Xangri-La, e de onde nunca mais saíra.

— O Popsicle vai voltar para aqui em breve? — perguntou o guarda.

— Sim, muito em breve — respondi.

— Ainda bem. Agora, toma cuidado — e dizendo isto, foi--se embora.

Encontrei a chave na lata do chá, tal como ele dissera. A fechadura da porta abriu-se sem dificuldade e entrei na cabina. Era toda uma casa numa sala muito comprida. O chão estava coberto de tapetes parcialmente sobrepostos, todos eles já muito gastos. A cama encontrava-se mesmo ao fundo, e havia um rádio sobre a mesa-de-cabeceira. Havia três poltronas agrupadas sob uma única lamparina, que pendia do tecto a meio da cabina, e as paredes estavam apilhadas de livros a toda a volta. Apesar de a cabina ser enorme — a toda a largura do barco e calculo que com metade do seu comprimento — não deixava de ser razoavelmente cómoda e agradável.

Num dos lados encontrava-se uma secretária coberta de mapas, uns binóculos e uma fotografia emoldurada. Contornei a secretária e sentei-me. Reparei então que nem todos os livros estavam escritos em inglês. Alguns estavam em francês. Em todos os peitoris e prateleiras onde não havia livros, havia modelos de barcos: barcos de pesca, veleiros, superpetroleiros e dúzias de diversos iates. Do outro lado da cabina, voltada para mim, estava uma bancada de trabalho sob a luz do tecto. Nela encontrava-se um modelo inacabado do que parecia ser um barco de guerra deitado de lado, um formão e um tubo de cola já todo espremido; e havia bocados de lixa espalhados por todo o lado.

Voltei a fotografia para a luz, para conseguir vê-la melhor. Era do meu pai. Era uma foto que tinha impressa a sua assinatura, daquelas que ele oferece aos admiradores que lhe escrevem. Não gostei de ver o seu sorriso voltado para mim, por isso afastei o olhar. Foi então que reparei na parede por detrás da cama do Popsicle, no canto mais escuro da cabina. Estava coberta por uma colagem de recortes de jornais. Ajoelhei-me em cima da cama para conseguir ver mais de perto. O recorte maior era a fotografia de uma praia, uma praia muito larga e a perder de vista, ladeada por dunas altas e com colunas de fumo negro que se erguiam de uma cidade em último plano. Em primeiro plano viam-se longas filas de homens dentro de água, soldados com capacetes, alguns erguendo as espingardas acima da cabeça. Outra fotografia era de um barco salva-vidas abarrotado de soldados, de uma ponta a outra, um barco salva-vidas com uma chaminé a meio e a proa erguendo-se verticalmente da água.

O título sobre a fotografia era o seguinte: *Dunquerque. Barco salva-vidas de Lowestoft resgata centenas de militares.* Não pude deixar de ler de imediato a seguinte história:

O Michael Hardy *de Lowestoft foi um dos dezasseis barcos salva- -vidas que participou na recente e heróica evacuação da Força Ex- pedicionária Britânica de Dunquerque. Juntamente com centenas de outros barcos de pequeno porte, avançou e recolheu as tropas que se encon- travam nas praias, transportando-as para os navios que estavam ao largo do porto. Continuamente bombardeado e metralhado, o* Michael Hardy *continuou o seu vaivém durante duas noites e dois dias. Na escuridão, colidiu duas vezes com torpedeiros alemães, mas regressou pelos seus pró- prios meios a Lowestoft, depois de valorosamente cumprida a sua mis- são.*

Havia mais alguns artigos semelhantes a este, todos com fotografias. Algumas de barcos a afundarem-se, algumas de solda- dos desembarcando com um ar exausto. Outras eram de soldados com as mãos erguidas sobre a cabeça, levados em mar- cha como prisioneiros. Vi então, mesmo a meio desta colagem sobre a guerra, uma pequena fotografia em tons de sépia — a única que não era um recorte de jornal — de uma jovem em pé, defronte de uma casa citadina. Estava a rir-se para a objec- tiva. Fazia o gesto de afastar os cabelos dos olhos. Desprendi-a e levei-a para a luz. Estava qualquer coisa escrita no verso da foto. *Lucie Alice. Dunkerque 1940. Pour toujours.* A tinta estava desva- necida, mas ainda legível.

Fiquei muito tempo sentada na semiobscuridade da cabina com a fotografia da Lucie Alice à minha frente, pousada em cima da secretária do Popsicle, e tentando compreender toda aquela história. Quando me vim embora, trazendo o retrato da Lucie

Alice e um dos recortes de jornal, ambos bem comprimidos dentro do meu livro de inglês, tinha chegado a muito poucas conclusões. O barco salva-vidas, aquele em que me encontrara, tinha estado em Dunquerque — isso era evidente. Parecia precisamente o mesmo que estava nos recortes de jornais. Depois tivera o nome de *Michael Hardy*, e agora era *Lucie Alice*, sem dúvida a rapariga da foto. Mas porquê a mudança? Fiquei de pé no pontão, a olhar para o barco salva-vidas. Era enorme. Pus-me a pensar quantos soldados é que ele poderia ter transportado de cada vez, 200? 300? O Popsicle certamente tinha lá estado. Teria sido um dos soldados resgatados das praias? Ou teria sido um marinheiro do *Michael Hardy*? E afinal quem era esta Lucie Alice? Que significaria a expressão *pour toujours*? Teria sido a Lucie Alice que lhe ensinara francês? Era por isso que o Popsicle sabia tanto de francês?

Enquanto caminhava para casa sob uma chuvinha miúda, com a cabeça atordoada por tantas perguntas sem resposta, ocorreu-me a ideia de que, pelo menos naquele momento, eu provavelmente sabia mais acerca do passado do Popsicle do que ele próprio sabia.

Cheguei a casa tarde, muito tarde. Ambos se tinham afligido imenso por minha causa, segundo me disseram. Tinham telefonado para toda a parte para ver se descobriam onde eu estava.

— Fui dar um passeio — informei. — Só isso.

— Só isso! — o meu pai perdera completamente a paciência. Olhou-me durante um bocado, e depois saiu da cozinha tempestuosamente, deixando-me só com a minha mãe.

— Por que é que fazes estas coisas, Cessie? — perguntou-me ela, abanando a cabeça com tristeza. — Ninguém se importa que vás dar um passeio, mas devias ter-nos dito primeiro.

— Tal como me disseram a mim quando mandaram o Popsicle para Xangri-La! — retorqui.

Via-se que também ela estava a ponto de perder a paciência.

— Isso foi diferente. Sabes bem que foi. Não consigo falar contigo quando estás assim. Vou mas é corrigir testes.

Fui ao frigorífico buscar um iogurte e sentei-me a ordenar as ideias enquanto comia. Não podia ficar à espera do próximo sábado para contar ao Popsicle a minha descoberta. Quanto mais depressa ele soubesse que eu tinha encontrado o *Lucie Alice*, quanto mais depressa visse a fotografia da Lucie Alice e o recorte de jornal, mais depressa conseguiria recordar-se do resto. Além disso, eu estava ansiosa por lhe contar. Talvez, com estas duas peças do *puzzle*, ele fosse capaz de o reconstituir por completo. No dia seguinte eu ia faltar à escola, para ir a Xangri-La. Havia de falsificar uma justificação de falta, para entregar daí a dois dias. Outros alunos já tinham feito isso sem qualquer problema. Ninguém descobriria, se eu fizesse as coisas com cuidado.

Mas faltar às aulas não era assim tão fácil como eu imaginara. Saí de casa à hora habitual. Comecei por errar logo aí. Tinha planeado voltar para trás, esperar que os meus pais saíssem, ir buscar a bicicleta à garagem e pedalar até Xangri-La. Mas esquecera-me de uma coisa: de manhã quando vamos para a escola nunca vamos sozinhos, há sempre uma multidão de alunos a dirigirem-se no mesmo sentido.

Lá ia também a Mandy Bethel, como de costume. E lá iam os filhos dos Martin, que moram do outro lado da minha rua, e depois também a Shirley Watson e mais uns quantos se juntaram a nós. Íamos todos a caminho da escola, não necessariamente num só grupo, mas todos na mesma direcção. Eu não podia muito simplesmente voltar para trás, pelo menos sem dar lugar a que me fizessem perguntas.

Já estava quase chegar aos portões do parque quando, finalmente, me ocorreu algo que podia ser credível. Parei de repente e fingi que estava a procurar desesperadamente alguma coisa na minha mala. Quando passou por mim, a Shirley Watson perguntou-me precisamente isso.

— Esqueceste-te de alguma coisa? — tinha parado ao meu lado.

— Do trabalho de casa de matemática — respondi.

— Mas *era* o mesmo, não era? — perguntou ela.

— O quê? — eu nem conseguia pensar no que ela estava a dizer.

— O barco, aquele velho barco no canal.

— Ah, o barco... Sim... Obrigada... É melhor voltar a casa para ir buscar o trabalho... Já te apanho.

Dei meia volta, atravessei rapidamente a estrada e entrei no meu bairro sem olhar uma só vez para trás. Não tinha a certeza de ter sido totalmente convincente, mas pelo menos tinha conseguido escapar-me.

Escondi-me durante um bocadinho num abrigo de paragem de autocarros, até ter a certeza de que não estava ninguém em casa, e fiz bem. Poucos minutos depois vi a minha mãe sair e dirigir-se ao carro. Virei-me de costas, esperando não ser vista. Felizmente, ela passou por mim sem me ver. Pelo menos agora sabia que o caminho estava livre.

A partir daí foi tudo muito fácil, excepto a subida para Xangri-La, que me pareceu muito mais íngreme e comprida do que anteriormente. Quase lá em cima tive de desmontar e ir a pé, também porque queria ganhar tempo para pensar. Não podia simplesmente chegar lá e dizer que queria ver o Popsicle. Aquela Mulher-Dragão, a Sr.ª Davidson, iria pôr-se a fazer-me perguntas. Eu levava vestido o uniforme da escola. Por que razão não estava na escola? Estava sozinha. Onde estavam os meus pais? Tinha de evitar, a todo o custo, a Mulher-Dragão.

Deixei a bicicleta muito bem escondida no meio dos arbustos de rododendro que ladeavam o caminho até à casa, e depois fui a rastejar pela vegetação baixa, até chegar o mais perto que me atrevi junto do edifício. Estava um miniautocarro estacionado em frente ao átrio com as colunas. Tinha escrito de lado, em grandes letras cor-de-rosa: «Xangri-La. Casa de Repouso para a Terceira Idade». Pensei dar uma corrida até lá, atravessando até à janela da sala de estar que dava para o relvado dianteiro. Não era longe, mas não conseguia ganhar coragem para o fazer. Via pessoas a movimentarem-se dentro de casa, mas estavam demasiado afastadas, eram apenas vultos, pelo que não conseguia identificar se o Popsicle também lá estava.

Foi então que tive um golpe de sorte. Estava já havia algum tempo sentada no meio dos arbustos, atormentada pela indecisão, envolvendo o meu corpo com os braços para me proteger do vento frio e com picos e espinhos horríveis espetados nas pernas, quando se abriu a porta da frente. Era o Harry, na sua cadeira de rodas. Vinha sozinho, a sair do átrio sombrio e avançando na direcção das roseiras que se encontravam à minha frente, do outro lado do caminho. Trazia no regaço uma espécie de cesto, talvez um cesto de jardinagem. Pensei que era este o momento de eu avançar. A porta principal aberta era um convite, e o Harry devia saber onde estava o Popsicle. Mas foi muito bom eu ter sido cautelosa.

De repente a Sr.ª Davidson apareceu à porta, a gritar com ele.

— Só meia hora, senhor Mason. Ouviu o que eu disse?

O Harry ignorou-a e continuou a mover as rodas da cadeira. A porta fechou-se. O Harry dirigia-se precipitadamente para o relvado. Chegou até às roseiras, tirou do cesto uma tesoura para podar plantas e começou a dar cortes aqui e ali. Eu observava-o, escondida na vegetação rasteira, pensando no que havia de fazer.

— Cessie! — ele não estava a olhar para mim, mas era a voz do Harry, eu tinha a certeza. — Cessie! Não digas nada, e haja o que houver não te mexas. Se eu consegui ver-te, também ela pode ver-te. Quando quiseres jogar às escondidas no meio de arbustos verdes escuros, não uses um casaco vermelho, percebes o que quero dizer? Não sei qual é a tua ideia, mas calculo que faltaste à escola para vires ver o Popsicle. Não foi? Mas não podes vê-lo, hoje de manhã não. Ao pequeno-almoço ele disse que os ovos mexidos não estavam do seu agrado. Ela não gostou, e pô-lo de castigo. Ele tem de ficar fechado no quarto até à hora do almoço.

— Mas eu preciso de o ver. É um assunto muito importante.

— Está bem, Cessie. Vou fazer assim: vou cortar mais algumas destas pontas mortas, depois atravesso até junto de ti e paro a cadeira tão perto quanto possível. Dá-me uns minutos. Mas não te mexas. Nem um bocadinho!

Cortou um último galho, olhou para a casa como quem não quer a coisa, e depois avançou na minha direcção. No meio de um canteiro havia apenas uma roseira. Parou junto dela com as costas voltadas para mim, de maneira a ficar entre mim e a casa, e puxou o travão. A seguir esticou o braço, apanhou um botão de rosa e cheirou-o delicadamente.

— Veludo da Toscânia — disse ele, absorvendo com prazer o seu odor. — É uma espécie já muito antiga. Aroma paradisíaco. Que maravilha. Bem, então o que queres que eu faça?

— Conte-lhe — e eu falava o mais alto que ousava. — Diga ao Popsicle que encontrei o barco dele, que encontrei a sua casa. Está lá em baixo no canal, ao pé das outras embarcações. Eu já lá estive. E chama-se *Lucie Alice*, tal como ele tinha dito. E encontrei coisas, muitas coisas, fotografias, recortes de jornais, tudo sobre a guerra, sobre o barco. Tenho aqui uma ou duas comigo. Se ele as vir, talvez consiga lembrar-se. Ele deu uma queda. Bateu com a cabeça e perdeu a memória. Mas vai recuperá-la, tenho a certeza que vai.

— Ele contou-nos, Cessie — respondeu Harry. — Contou-nos tudo, isto é, tudo aquilo de que conseguiu lembrar-se. Vai ficar todo contente quando souber, vai subir às nuvens. Isso vai ser um bom estímulo. Ele às vezes fica um bocado perturbado quando não consegue lembrar-se das coisas. Acha que está a perder o juízo, a ficar doido; mas não está, o nosso Popsicle não está a perder o juízo. Não te preocupes, Cessie, ele, aqui, está entre amigos. Todos nós aqui temos falhas de memória, incluindo eu. O Popsicle não é maluco. A Mulher-Dragão é que acha que ele é, está claro, mas ela acha que todos nós somos. Então onde é que estão as fotografias?

— Na minha mala. Dentro do meu livro de inglês.

— Agora presta atenção, Cessie, presta muita atenção. Vais pousá-lo no chão, aí mesmo onde estás, e depois vais-te embora daqui, rapidamente, antes que alguém te veja. Vou entregar-lhas, não te preocupes.

Tirei da mala o livro de inglês e verifiquei se o recorte e a fotografia ainda lá estavam. Estavam, efectivamente. Deixei-o no chão sob os rododendros, voltei lentamente para trás, de gatas, apanhei a minha bicicleta, montei e parti a toda a velocidade, como se fugisse do Diabo.

Durante o resto do dia vagueei pela casa protegida pelas cortinas corridas, preocupada com a possibilidade de algum intrometido me ter visto a chegar da escola de manhã, com a hipótese de alguém ir contar à minha mãe. Pensei tocar violino, mas não podia, para que ninguém me ouvisse. Acabei por ir para o meu quarto acabar os trabalhos de casa de matemática, e depois fui ler um livro — *Animal Farm*.

Quando a minha mãe chegou, fingi que estava muito cansada e queixei-me, com amargura e de modo muito convincente, segundo me pareceu, que tinha tido um dia muito trabalhoso na escola, e dos trabalhos que tinha trazido para fazer em casa. Ela não se mostrou nada solidária, mas eu também não estava à espera que o fizesse. Pelos vistos, não estava a ser merecedora da sua consideração.

— Se assim é, trata de começares a trabalhar! — foi tudo o que me disse.

93

E vi-me de novo no meu quarto a fazer mais trabalhos de casa, ou a fingir que os fazia. Ainda lá estava quando ouvi o meu pai chegar. Não desci para lhe falar. Ouvi-os a falar num tom confidencial, lá em baixo na cozinha. Estavam a falar de mim, tinha a certeza. Ajoelhei-me e encostei o ouvido ao chão. Tinha razão.

— Isto há-de passar-lhe com o tempo — dizia a minha mãe.

— Não te esqueças de que ela ainda só tem doze anos; e acredita em mim, essa é uma idade muito complicada para qualquer rapariga. Bem sei que ela nos tem dado uma grande preocupação, muito grande; mas se formos ver bem as coisas, não podemos censurá-la.

— Então estás a censurar-me a mim, não é isso?

— Não. Também não estou a censurar-te a ti, nem ao Popsicle, nem a ninguém. Tomámos uma decisão que foi talvez a mais difícil que já tivemos de tomar. Tu não gostaste de mandar o teu pai para aquele lugar, assim como eu também não gostei. Mas era a única coisa que podíamos fazer. Sabes que mais, Arthur? Tenho raiva de mim mesma por aquilo que fizemos e, mais do que isso, acho que tu sentes o mesmo. E se ambos sentimos raiva de nós próprios por o termos mandado para lá, acho que não podemos censurá-la por estar furiosa connosco. Ela adora o avô, e nós mandámo-lo daqui para fora. Por amor de Deus, como é que achas que ela se sentirá?

Tocaram à porta. Ouvi o meu pai sair da cozinha e dirigir-se à entrada. Fui de rastos até ao patamar, para conseguir ouvir melhor. A porta abriu-se.

— Faz favor? — ouvi o meu pai.

— A Cessie está? — era a Shirley Watson. Ela nunca tinha ido lá bater à porta.

— Está lá em cima — respondeu a minha mãe.

— Então está bem?

— Claro que sim. Por que é que perguntas?

— Bem... — começou a Shirley, e eu senti um arrepio percorrer-me a espinha. Já sabia o que ela ia dizer. — Bem, foi só porque hoje de manhã, quando íamos para a escola, ela tinha-se esquecido dos trabalhos de casa de matemática e voltou atrás para os ir buscar, mas depois não apareceu mais na escola. Procurei-a por toda a parte. Pensei que talvez lhe tivesse acontecido alguma coisa, mas se ela está em casa... — percebeu que me tinha posto a descoberto. Para ser justa com ela, a verdade é que depois tentou remediar a situação, mas já era tarde. — Bem, talvez... talvez ela não estivesse a sentir-se bem, quem sabe.

— Provavelmente — concordou o meu pai, e senti que a fúria crescia dentro dele.

— Então está bem — continuou a Shirley Watson. — É melhor eu ir andando. Amanhã vejo-a na escola. Adeus.

A porta fechou-se.

— Cessie! — gritou o meu pai ao fundo das escadas. — Chega aqui já. Imediatamente!

Apareci ao cimo das escadas e desci devagar. Não tinha vontade nenhuma de ir depressa. Eles estavam os dois junto à entrada, observando-me. Esperaram que eu descesse até meio, até ficar ao seu alcance, antes de começarem.

— Como é que foste capaz de fazer uma coisa destas, Cessie? — perguntou a minha mãe. Estava a tentar o método da professora paciente. — Onde é que estiveste? Porquê? Porque fizeste isto?

Permaneci calada, numa atitude de desafio. Não ia dar-lhes explicações nenhumas, nem pedir desculpas, nada.

— Se continuas assim, Cessie — era a vez do meu pai, que apontava o indicador para mim com ar ameaçador, quase a perder o controlo —, se continuas assim, vamos ter de tomar medidas drásticas, estás a ouvir-me? Como é que pudeste fazer uma coisa destas? — gritava-me no seu tom de voz mais alto, a menos de dois metros de distância.

— Deixa lá, Arthur — tentou novamente a minha mãe. — Eu falo com ela. Deixa o caso comigo — aproximou-se. — É alguma coisa que tem a ver com a escola, Cessie? Tens algum problema? Algum colega teu tem andado a tratar-te mal, é isso? — pousou a mão sobre a minha, no corrimão da escada. Retirei logo a minha mão. — Nem parece coisa tua, Cessie. Como é que podemos ajudar-te se não sabemos o que se passa contigo? — olhou-me directamente nos olhos, e eu mantive o olhar. — Não tem nada a ver com a escola, pois não? É uma maneira de protestares por causa do Popsicle, não é? Faltaste à escola para te vingares de nós, não foi? Foi ou não foi?

O meu pai estava a ponto de voltar ao ataque, mas o telefone tocou, interrompendo-o. A minha mãe atendeu.

— Senhora Davidson...?

Era a Mulher-Dragão. Tinha-me visto em Xangri-La e estava a fazer queixa de mim. Sentei-me nas escadas e preparei-me para o pior.

— Quando foi isso? — perguntava a minha mãe.

— O que foi? — tentou interromper o meu pai. Ela fez-lhe sinal para que se calasse, mas ele continuou: — Ele está bem? Está doente?

Ela tapou o bocal e disse que não com a cabeça.

— Não, não é isso. Ele desapareceu. O Popsicle desapareceu. Ninguém o viu mais desde o almoço. Ninguém. Têm andado à procura dele por toda a parte.

Por toda a parte não, pensei eu, tentando ocultar a minha satisfação o melhor que podia. Por toda a parte, não.

10

DUNQUERQUE

Eles iam imediatamente para Xangri-La, disseram, para falar com a Sr.ª Davidson. Eu tinha de ficar, para o caso de, entretanto, o Popsicle decidir voltar para casa e não podia deixar de telefonar para Xangri-La se assim acontecesse. Iam-me dando uma infinidade de instruções, de modo apressado e aflitivo, enquanto se dirigiam para a porta. Eu mostrava uma expressão preocupada e ia acenando afirmativamente, desejosa que eles partissem.

Esperei só até ver desaparecer na esquina as luzes traseiras do carro. Então saí de casa, de bicicleta, com a cabeça inclinada para baixo e pedalando como louca até ao canal. Cheguei a um semáforo que estava vermelho, mas consegui não parar, passando por um lado e outro dos automóveis, e depois fui cortando caminho pelo meio de parques de estacionamento. Até que por fim me vi livre do trânsito e segui a toda a velocidade ao longo dos muros da prisão, avistando já a escuridão do canal do outro lado da estrada. Sempre detestei passar ao pé da prisão, principalmente à noite. Todo aquele lugar parecia olhar-me de modo ameaçador, mas deu-me um incentivo ainda maior para pedalar com mais força. Nunca parei durante todo o caminho, nem uma só vez.

Da comporta vi que havia luz no barco do Popsicle. Ele estava lá, e ao pedalar ao longo do pontão passando pelas embarcações, tinha a certeza, que ele sabia que eu ia ter com ele, que ele estava à minha espera. Assim que pousei os pés no passadiço, ouvi a voz dele a chamar-me.

— Cessie? És tu? Vem para bordo. Vem.

Fui dar com ele lá em baixo, na cabina iluminada, deitado em cima da cama, feliz como um gato Cheshire. Estava reclinado sobre um monte de almofadas, com os joelhos dobrados sobre o corpo. Tinha descalçado os sapatos e não tinha meias. Pôs-se a mexer os dedos dos pés, para chamar a minha atenção.

— Foi uma grande caminhada. Estou aflito dos pés — queixou-se. Tinha uma lata na mão. Eu soube imediatamente que tinha de ser de leite condensado. Ergueu-a. — Lembras-te disto, Cessie? — esticou as pernas, pôs-se de pé e veio ter comigo. — Bem, então o que é que achas do *Lucie Alice*? Já alguma vez tinhas visto algo tão bonito? E não é só bonito. Tem motores a diesel, de quarenta cavalos. Quase nem conseguimos ouvir o nosso próprio pensamento, quando os motores estão na sua força máxima. Oito nós e meio, duzentas milhas sem precisar de reabastecer o combustível, e — no que é diferente do teu — não vai ao fundo.

Estava agora junto de mim, com as mãos pousadas nos meus ombros e os olhos brilhando para os meus.

— Graças a ti, Cessie, agora lembro-me de tudo. Está tudo aqui, neste barco, tudo o que me rodeia, e foste tu que o encontraste, Cessie. Trouxe o teu livro da escola. O Harry disse que ele era importante, e era.

Olhei para baixo e vi o meu livro de inglês aberto, pousado ao lado do modelo semiacabado do barco de guerra.

— *Lucie Alice*... Dunquerque — continuou —, devolveste-me tudo isso, Cessie; mas esta velha lata também ajudou um bocado, tenho a certeza. Podes rir-te, mas é como o Popeye com os seus espinafres. Foi como uma torrente, Cessie. No momento em que me deitei em cima da cama e provei o leite, todas as recordações surgiram como uma torrente. É o que te digo, Cessie, até fiquei tonto.

Foi buscar outra lata de leite condensado à secretária, atrás dele.

— Toma. Tenho dúzias delas no armário. Podes comer uma lata inteira, se quiseres. Já te dei a provar, não dei? Torceste o nariz, se bem me lembro. Mas experimenta e verás que gostas. Garanto-te.

E abriu dois buracos na lata, com a ajuda do canivete; depois fez-me sentar numa das poltronas que estavam no meio da cabina, e sentou-se noutra, voltado para mim.

Eu nunca tinha provado nada tão enjoativamente doce, nem tão completa e irresistivelmente delicioso.

— Eles devem andar à tua procura — disse eu.

— Mas não vão dar connosco aqui, não achas? Não contaste nada a ninguém, espero?

Respondi negativamente com a cabeça, e sorvi mais um gole de leite condensado.

Fiz então a pergunta que ansiava por lhe fazer.

— Quem é a Lucie Alice, a rapariga da fotografia?

Ele demorou algum tempo a responder.

— Bem, depois de tudo o que fizeste por mim, Cessie, se alguém tem o direito de o saber és tu. Vou avisar-te antes de começar, há coisas que te vou contar e que são difíceis de acreditar. Mas é tudo tão verdade como eu estar aqui sentado. Continua aí a beber o teu leite condensado, que eu vou contar-te tudo, do princípio ao fim.

Tomou fôlego, e começou então.

— Não sei ao certo onde é que nasci, Cessie. Nunca conheci a minha mãe, nem o meu pai. Portanto, quanto a isso não há nada que saber. A primeira coisa de que me recordo é da casa em Lowestoft. A Casa Barnardo, onde vivíamos uns quinze, talvez vinte rapazes. E não era mau. Não me sentia infeliz, nada disso. Quando não temos uma família, não podemos sentir a falta dela. Acho que eu era um bocado irrequieto quando era miúdo, estava sempre a arranjar sarilhos: faltava às aulas, roubava fruta, e também coelhos, faisões, trutas, tudo o que conseguia pilhar. De vez em quando era apanhado, e claro que tinha de ouvir sermões pelo meu comportamento. Mas não servia de nada. Parece que nunca aprendia a lição.

«Da janela do meu quarto via-se o mar, e eu desejava nunca me afastar dele. Tudo o que queria era ir para o mar quando fosse crescido. E sabes porquê? Não era só pela sua beleza, nem pela sua força. Não era por causa dos borrifos de água salgada na boca, nem pelos gritos das gaivotas, não era por isso. Era por causa dos barcos, e por causa de um em particular — o barco salva-vidas de Lowestoft. Ver aquele barco a sair do estaleiro e mergulhar no mar, vê-lo a cortar as ondas, era tudo aquilo que eu queria. Não havia nada que se lhe comparasse, nada no mundo. Sempre que ele saía do porto, fizesse o tempo que fizesse, lá ia eu para a praia, à espera de o ver voltar. E depois seguia a tripulação pelas ruas, quando eles iam para o bar. Ficava cá fora, atrás da janela, a ouvi-los conversar. Tudo o que desejava quando era rapaz era ficar ao pé deles, ser como eles, ser um deles.

«Quando tinha quinze anos, era grande para a minha idade, e também era forte. Estava lá junto ao estaleiro, com quase toda a população da cidade, quando esse salva-vidas foi lançado ao mar.

Quarenta e seis pés, cabina do tipo Watson; chaminé de um tom amarelo-vivo, o casco azul reluzente com uma cercadura vermelha. Nunva vi nada tão belo na minha vida.

«Mais tarde, nesse mesmo dia, andava de volta do barco, que estava num abrigo no alto do estaleiro, e acariciava o seu casco de uma ponta a outra, quando pela primeira vez vi o seu nome: *Michael Hardy*. Agora não sei quem é que me deu o nome quando era pequenino, mas toda a vida me chamaram Michael, Michael Stevens. E lá estava aquele barco com metade do meu nome. Talvez seja tontice, mas achei que isso tinha um significado especial para mim e para o *Michael Hardy*, que estávamos destinados um ao outro. Um dia havia de ser o piloto desse barco. Havia de usar uma camisola azul e um fato de oleado amarelo. Havia de subir para aquele barco e partir com o motor a roncar. Iria para o mar salvar vidas. Então fui ter com o timoneiro, já nem me recordo do seu nome, era um tipo enorme com barba, fui direito a ele quando na manhã seguinte o vi na cidade, e pedi-lhe, decidido. Ele riu-se, e abanou a cabeça. "Ainda és muito novo, aparece daqui a uns anos", disse-me. Confesso-te, Cessie, afastei-me e chorei como uma criança.

«Nessa altura já toda a gente andava a falar da guerra que sabiam estar quase a rebentar, mas eu só pensava em como é que eles não me deixavam juntar-me à tripulação do *Michael Hardy*. Durante todo esse Verão vagueei pela praia. De cada vez que via o salva-vidas, a minha dor aumentava.

O barco rangeu por cima das nossas cabeças e o Popsicle ergueu o olhar e sorriu.

— Garanto-te que ele às vezes fala comigo. E também me ouve. As coisas que ele já presenciou! E as que ouviu! Sabes o que se passou em Dunquerque, não sabes?

— Não muito — respondi.

— Sim, como é que havias de saber? Já foi há tanto tempo! Verão de 1940, e que grande confusão que ia em França. O exército alemão estava a suplantar-nos a todos. Foram-nos fazendo recuar até ao mar, em Dunquerque: ingleses, franceses, belgas, todos. Havia duzentos e cinquenta mil homens nas praias do norte da França, e que tinham de ser resgatados para os seus países; todo o exército, ou o que restava dele. Só se falava disso em todos os jornais, e também na rádio. Ouvi então que a Marinha estava em Lowestoft, procurando todos os barcos que pudessem ir buscar os nossos homens às praias. Iam levar o *Michael Hardy* para Dunquerque. Eu não podia perder uma coisa dessas!

«Ninguém estava preocupado com passageiros clandestinos, por isso foi muito fácil. Na véspera à noite consegui subir para bordo sem ser visto e escondi-me num pequeno compartimento mesmo por baixo da proa, mais ou menos onde está agora a minha cama. Com o frio e a excitação, nem conseguia dormir. Na manhã seguinte ouvi muitos passos e grande agitação no passadiço. Quando saímos para o mar, o barco bateu na água com tanta força que fiquei todo moído. Pensei que tinha partido todos os ossos do corpo. Lembro-me que os motores trabalhavam a toda a força, e sentia-me enjoado, terrivelmente enjoado com tantos arremessos e sacudidelas. E estava frio, muito frio ali em baixo, Cessie, e também escuro. Nunca na minha vida senti tanto frio. Nem conseguia sentir os pés. Mas confesso-te que também nunca me senti tão feliz. Estava finalmente no mar, num barco salva-vidas, no *Michael Hardy*.

«Não tenho bem a certeza, mas acho que estive ali metido mais de um dia, até que me descobriram. E sabes como é que deram por mim? Porque espirrei. Descobriram-me porque espirrei. Levaram-me à força para o convés, para me pedirem explicações. O oficial não ficou nada satisfeito, mesmo nada. Mas o que é que ele havia de fazer? Estávamos a meio do Canal Inglês e no meio de uma grande ventania. Ele não podia deitar-me ao mar, não era? Então deu-me só um raspanete e mandou-me para a cozinha, para tratar do chá.

«De qualquer modo, pouco depois ficaram logo demasiado ocupados para poderem preocupar-se comigo. Havia caças, *Stukas, Messerschmitts*, surgindo nem sei donde e fazendo voos picados na nossa direcção; e, à nossa frente, grandes colunas de fumo negro ao longo da costa, como se tudo estivesse a arder. E os barcos pequenos. De todos os modelos e tamanhos. Centenas deles, todos a transportarem os soldados das praias para os navios que estavam ao largo. Esperámos até ao cair da noite e então aproximámo-nos e entrámos no porto, ou no que dele restava. O céu estava todo vermelho com o fogo.

«Primeiro ouvimos os soldados, e depois é que os vimos. Filas e filas deles em pé dentro de água, uns com a água pela cintura outros até aos ombros, com os capacetes à banda, e as espingardas erguidas acima da cabeça. Gritavam para nós, e alguns choravam. Foi a primeira vez que vi homens a chorar. Agarravam-se às cordas e nós içávamo-los para bordo. E lá partíamos com o barco a abarrotar. Nem nos podíamos mexer lá dentro.

«Alguns deles estavam muito feridos; e também enjoados, com a agitação do mar. Desgraçados! Nem se pode imaginar. Alguns estavam aterrorizados. E eu também. Todos nós estávamos assustados. Era impossível não estarmos. Víamos o mar a arder nos sítios onde tinha acabado de se afundar um barco, e homens na água aos gritos, e os bombardeamentos não paravam; e sabíamos que, mais cedo ou mais tarde, seríamos atingidos.

«Já tínhamos feito várias viagens de ida e volta até à praia quando isso aconteceu. Eu estava sentado lá em cima no alto da proa, com uma multidão de soldados à minha volta, quando vi aquilo a dirigir-se para nós, vindo da escuridão. Demorei alguns segundos até compreender que era um barco, e mais alguns para compreender que vinha mesmo direito a nós. Embateu a meio do nosso barco e eu fui lançado pela borda fora, mergulhando nas águas frias. Fui ao fundo. Nunca pensei que voltaria à tona, mas voltei. Pus-me a espernear e a gritar desesperadamente, mas isso não me serviu de nada. Voltei a ir ao fundo, como uma pedra.

— Não sabia nadar? — perguntei.

— E ainda hoje não sei — respondeu o Popsicle, abanando a cabeça. — Não é mesmo uma coisa de loucos? Passei toda a minha vida a bordo, e continuo a não saber nadar. Bem, pensei que ia afogar-me, com toda a certeza; mas de repente senti que uns braços me agarravam e me içavam, até que por fim me vi a respirar novamente o bendito ar. Foi um dos soldados. Ele ainda tinha na cabeça o capacete metálico. Lembro-me disso. «Aguenta-te», disse-me ele. E eu aguentei-me, salvei a vida. Ele levou-me a nadar até à praia e arrastámo-nos pela areia, subindo pelo meio das dunas.

«É claro que não dormimos nem um bocadinho. Estávamos completamente encharcados, e gelados. Os bombardeamentos não pararam durante toda a noite. Foi uma noite que nunca desejaria reviver, podes ter a certeza.

«Ele era um jovem muito simpático, aquele que me salvou. Fomos conversando os dois. Contou-me que só tinha entrado para o serviço militar poucos meses antes, e que até então ainda não tinha feito outra coisa senão bater em retirada. Contei-lhe que tinha embarcado como clandestino no *Michael Hardy*. "Bem", respondeu-me me ele, "tens de arranjar uma farda, e rapidamente; porque se não sairmos da praia e os alemães nos apanharem, vão pensar que és um espião e de certeza serás fuzilado." Sabes o que ele fez? Despiu a parte de cima do uniforme e deu-ma, assim sem mais nem menos. "Toma", disse-me. "É melhor vestires isto, pelo sim pelo não. Somos mais ou menos do mesmo tamanho." E de facto éramos. Tal e qual. E lá vesti aquilo.

«Cinco minutos depois, não mais, estávamos nós ali sentados lado a lado nas dunas, a tremer com frio, quando os caças voltaram, metralhando e bombardeando toda a extensão da praia. Todos se puseram em fuga; mas não havia para onde fugir, isso percebi logo. O soldado e eu ficámos onde estávamos e deitámo--nos rentes à areia. O solo estremeceu, parecia um tremor de terra, e a areia chovia à nossa volta. Pensei que aquilo nunca mais ia parar. A seguir fez-se um silêncio terrível. Ouvi então os choros e os gemidos. Senti sangue na cara, sangue quente. Sabia que tinha sido atingido na cabeça. Não me doía muito, mas sentia a cabeça a andar à roda. Parecia que estava a flutuar, quase como se estivesse no mar, e tudo à minha volta foi ficando cada vez mais escuro, mais escuro do que deveria estar. Lembro-me de ver os olhos do soldado abertos na escuridão. Ele tinha os olhos voltados para mim, mas não me via. Percebi que estava morto. Percebi que também eu estaria morto daí a pouco, tal como ele. Mas já não sentia medo. É curioso.

«Acordei e vi gaivotas a voar sobre a minha cabeça, piando como costumavam fazer junto à minha casa. Por um momento pensei que estava de novo em Lowestoft. Realmente pensei. Mas não por muito tempo. Sentei-me e olhei em volta. A maré estava alta. Já não havia bombardeamentos. Reinava um grande silêncio, tal como a seguir a uma tempestade. O areal estava cheio de destroços de camiões, jipes, armas, alguns ainda a arder, e também corpos, corpos espalhados por todo o lado, na areia. Um dos soldados rolou sobre si mesmo, na orla do mar, e por um momento pareceu que estava vivo. Não estava. Ninguém estava, a não ser eu. A frota de pequenos barcos tinha-se ido embora, tendo apenas ficado os destroços das embarcações naufragadas, uns na água, outros tinham dado à costa, e eram muitos, muitos. O soldado que me tinha salvo ainda continuava com os olhos voltados para mim. Eu tinha de fugir dali para fora.

«Levantei-me e subi até ao cimo das dunas. Não havia qualquer movimento na cidade. Todos tinham morrido, ou ido embora, pelo menos era o que parecia. Vagueei por entre as ruínas fumegantes da cidade, sem saber para onde ia nem porquê. Acho que procurava apenas alguém que estivesse vivo, quem quer que fosse. Não conseguia mover as pernas como gostaria, por isso lá fui a cambalear e a tropeçar de encontro às paredes das casas. Até que elas já não aguentaram mais e dei por mim sentado na soleira de uma porta, sem conseguir mexer-me. Ouvi uma espécie de estrondos e turbulência, cada vez mais próximos e mais fortes.

«De repente a porta abriu-se atrás de mim e eu fui arrastado para dentro. Encontrei-me numa divisão quase às escuras, e tinha à minha frente uma senhora; ela estava de pé, e fazia-me sinal com o dedo junto aos lábios. Não queria que eu falasse. Por isso nada disse. Ela espreitava lá para fora, pelos orifícios das persianas fechadas. Arrastei-me até junto dela, para espreitar também. Havia tanques, e atrás deles vinham soldados, soldados alemães, centenas deles.

«A pobre mulher teve de arrastar-me até ao cimo das escadas. Eu não conseguia ir sozinho. No momento em que chegámos lá acima é que percebi que eram duas, uma segurava-me pelas pernas, a outra por debaixo dos braços. Levaram-me para um quarto de dormir, e pensei que iam deitar-me na cama, mas não o fizeram. Em vez disso meteram-me dentro de um armário com roupas, um armário muito grande que cheirava a naftalina. Eram mãe e filha, e parecidas uma com a outra. Tinham o mesmo cabelo escuro, a pele clara. Estavam aterrorizadas, tal como eu estava. Mas a mais nova sorriu-me, sorriu como que a dizer-me que tudo ia correr bem. "Lucie Alice", sussurrou-me, "*Je suis Lucie Alice.*" A seguir fechou a porta do armário e eu fiquei na escuridão, deitado no fundo daquele armário que devia ser muito antigo, com as roupas a baloiçarem à volta da minha cara.

A voz do Popsicle era agora mais hesitante, à medida que continuava.

— O que elas fizeram por mim, as duas! Deram-me roupa, alimentaram-me, cuidaram de mim, como se eu fosse da sua família. Nunca antes ninguém me tinha tratado tão bem, em toda a minha vida. Durante dias e dias, só me deixavam sair do armário cinco minutos de cada vez, para estender as pernas, ir à casa de banho, só para esse tipo de coisas. E eu sabia porquê, claro. Ouvia os soldados, com toda a nitidez, mesmo ali fora, lá em baixo na rua. Tinha de continuar dentro do armário, e só podia sair quando elas me autorizavam. Eu obedecia-lhes e ficava lá dentro, e era assim que era preciso. Até que eles vieram ver. Foi num dia à noite. Eu estava meio a dormir no fundo do armário. Ouvi-os subir as escadas e entrar no quarto, fazendo muito barulho com as botas a bater no chão. Enrosquei-me todo debaixo das roupas, fechei os olhos, e sustive a respiração. Eles também abriram a porta do armário, olharam, mas não afastaram as roupas, por isso não me descobriram. Mas se me tivessem encontrado...

«É preciso que saibas, Cessie, que se eles me tivessem descoberto é claro que teriam fuzilado as duas. Pensa só! O que elas fizeram por mim, e nem sequer me conheciam. Depois de terem revistado a casa dessa vez, elas calcularam que já não havia tanto perigo. Por isso deixavam-me sair com maior frequência, e durante mais tempo; mas continuava a ter de ficar dentro do quarto, e sempre afastado da janela. Não podia abrir a persiana, disse-me a Lucie Alice, nem espreitar pela janela.

«É claro que não compreendia muitas coisas do que elas diziam, pelo menos a princípio; mas apanhava bem o sentido, de uma maneira geral. Iam descobrir uma maneira de me mandarem outra vez para Inglaterra. Mas isso levaria o seu tempo. Eu tinha de ser paciente. Mas não me importava de esperar. Quanto mais via a Lucie Alice, menos queria ir-me embora. Ela ia muitas vezes ao meu quarto, e não só para me levar as refeições. Conversava muito, e cada dia entendia melhor o que ela dizia.

«Só nos conhecíamos havia um mês, Cessie, mas eu amava aquela rapariga. Amava-a mesmo — pegou na fotografia. — Ela ofereceu-ma. "Assim nunca me esquecerás", disse-me. Vês o que escreveu no verso? *"Pour toujours."* Quer dizer "Para sempre". E estava a ser sincera, sei que estava — voltou novamente à fotografia. — Tinha uns grandes olhos castanhos, Cessie, e o cabelo... Eu nunca antes tinha tocado no cabelo de ninguém. Mas era tão macio! — demorou um ou dois minutos até ser capaz de prosseguir.

— Ela continuava a dizer-me que não saísse do armário, estava sempre a dizer-me isso. Mas eu detestava estar ali metido, Cessie. Não suportava estar enclausurado; e, além disso, ali não podia ler o meu livro. Eu tinha este livro de poesia chamado *The Golden Treasury*. Tinha-o encontrado no fundo do bolso do casaco do soldado. Estava um bocadinho engelhado por causa da humidade, mas legível. Foi a primeira vez que li poemas. Eram fantásticos. Fantásticos. Por isso, apesar de tudo, de vez em quando saía do armário e lia os meus poemas. Às vezes também os lia em voz alta, e decorava alguns. Uma manhã estava sozinho em casa e tinha estado a ler alguns dos meus poemas. Talvez sentisse um certo desassossego. Não sei. Mas fiz aquilo que a Lucie Alice estava sempre a dizer-me que não fizesse — fui à janela. Pensei que não havia perigo. Não vi ninguém na rua, por isso abri só um bocadinho a persiana e espreitei lá para fora.

«Não tinha reparado no soldado. Ele estava em pé, do outro lado da rua, mesmo voltado para mim, debaixo do candeeiro, e estava a fumar. Soprava anéis de fumo e observava-os a flutuar, subindo na minha direcção. Os nossos olhos encontraram-se por um momento, apenas um momento. Mesmo antes de conseguir chegar ao armário ouvi a porta da rua a ser arrombada e o barulho de botas a subir a escada. Já tinha fechado quase completamente a porta do armário, mas era demasiado tarde. Ele soltou-a da minha mão e eu agachei-me no meio das roupas, mas ele sorriu-me como um gato sorri ao apanhar um rato. A seguir entraram outros soldados dentro do quarto. Arrastaram-me para fora do armário e levaram-me a marchar até à rua com as mãos no ar, e uma espingarda cravada nas minhas costas. Mal tínhamos virado a esquina para a estrada marginal, quando vi a Lucie Alice, que avançava na nossa direcção, com um pão grande debaixo do braço. Ambos sabíamos que não devíamos fazer qualquer sinal que revelasse que nos conhecíamos. Mas foi essa a última vez que a vi.

«Sempre guardei a fotografia dela dentro do meu livro de poemas. Quando me revistaram é claro que encontraram o livro, e a fotografia da Lucie Alice lá dentro, mas nunca deram importância a isso. Devem ter pensado que era a namorada que tinha na minha terra. Deixaram-me ficar com o livro de poemas e também com a fotografia.

«Passei várias noites desconfortáveis na cela de uma prisão, com mais alguns soldados que eles tinham apanhado nas suas rondas. Perguntaram-me não sei quantas vezes quem é que me tinha escondido, mas eu fazia-me de parvo e conseguia esquivar-me. Respondia sempre que não sabia quem eram as pessoas, nem sabia nada acerca delas. Por fim, acho que acreditaram em mim. "Acabaremos por descobri-las. Sabemos os nomes delas. Não podem continuar a fugir eternamente", dizia o oficial. "E quando as encontrarmos, vamos encostá-las a um muro e fuzilá-las." A seguir desejou-me uma guerra feliz no meu campo de prisioneiros e despachou-me com os outros para a Alemanha, num camião.

Eu estava tão entusiasmada com esta história, que me esquecera completamente do leite condensado. Lembrei-me dele, sorvi mais um bocado e esperei que o Popsicle recomeçasse.

— O campo de prisioneiros era uma chatice, sopa de hortaliça atrasada, pão escuro e chatice. E os invernos eram frios, Cessie, tão frios que não conseguíamos dormir. Mas eu ainda tinha o meu *Golden Treasury* e o retrato da Lucie Alice. E isso já não era mau. O pior de tudo era não saber o que tinha acontecido à Lucie Alice e à mãe. Queria escrever-lhes, mas não podia, não é? Não podia denunciá-las. Eles liam as nossas cartas, tudo o que escrevíamos. Havia lá tantas coisas que eu detestava: as portas trancadas à noite, os holofotes, e os cães e o arame farpado a toda a volta; e aqueles pequenos Hitlers sempre a berrarem connosco, a dizerem-nos o que tínhamos de fazer, o que não tínhamos de fazer. Eu punha-me a olhar para os pássaros, Cessie. Observava-os a levantarem voo e a passarem por cima do arame, a irem para onde queriam. E às vezes olhava pela janela da minha barraca, e pensava que aquelas estrelas eram as mesmas que se viam lá em Lowestoft, e as mesmas para onde olhava a Lucie Alice, se ainda estivesse viva. Nunca deixava de pensar nela.

«Treinava o meu francês. A princípio era difícil, mas havia lá no campo um rapaz que era francês e me ajudava. Apanhávamos todos os livros franceses que conseguíamos — podemos aprender imensas coisas em cinco anos, quando não temos mais nada para fazer. E eu queria aprender porque queria ser capaz de falar a língua dela quando saísse, quando a guerra acabasse.

«Mas a coisa melhor que lá havia não eram as lições de francês, eram os caixotes da Cruz Vermelha. Sempre que eles chegavam, parecia que era Natal — ergueu a lata de leite condensado. — Foi lá que provei isto pela primeira vez, e chegou ao campo num caixote da Cruz Vermelha.

«Aqueles cinco anos atrás do arame farpado pareceram-me uma vida. Até que certa manhã acordámos e os guardas tinham-se ido embora. Os portões estavam abertos e havia soldados americanos a marchar pela estrada em direcção ao campo! Tudo tinha terminado. Eu tinha então vinte e um anos e a única coisa de que tinha a certeza era de que nunca mais iria permitir que me enclausurassem. A guerra acabou pouco depois e eu fui enviado para Inglaterra.

«Escrevi à Lucie Alice, contando-lhe o que se tinha passado, perguntando como é que ela estava, agradecendo-lhe a ela e à mãe por tudo o que tinham feito por mim. Disse-lhe que continuava a amá-la e que sempre a amaria. Até lhe pedi que casasse comigo. Mas ela nunca me respondeu. Voltei a escrever, uma e outra vez. Nunca obtive resposta. Um dia recebi uma das cartas, que foi devolvida e trazia escrito no envelope "Endereço desconhecido". A partir daí, vou ser franco contigo, tentei esquecê-la. Se estava morta, tinha sido por minha causa. Depois conheci a tua avó, e as coisas tomaram outro rumo.

«Arranjei emprego na construção naval em Hull, e fui levar um barco de pesca de Hull para Bradwell. Gostei do sítio, gostei das pessoas. Precisavam lá de alguém para trabalhar num depósito de construção naval, e resolvi ficar. E uma tarde ia pelo cais quando dei de caras com a Cecilia. Ela estava a olhar para o pôr do Sol e eu fiquei a olhar para ela. Era tão bonita que parecia uma pintura. Seis meses depois estávamos casados. Encontrámos um sítio onde viver, e a seguir nasceu o pequeno Arthur. O negócio da construção naval não corria lá muito bem. Para equilibrar o orçamento, eu também pescava. As coisas não estavam fáceis, mas lá nos íamos aguentando, pensava eu, lá íamos vivendo.

Durante alguns minutos o Popsicle ficou calado. Pensei que já tinha terminado, mas afinal não.

— Na verdade, Cessie, nunca devia ter feito o que fiz. Nunca devia ter casado. Às vezes penso que só o fiz para tentar esquecer a Lucie Alice, e isso não foi justo para a tua avó. Não éramos feitos um para o outro. E ela sabia disso. Eu também sabia. Cada dia nos fazíamos mais infelizes um ao outro. Eu passava cada vez mais tempo fora de casa, a beber no *Green Man*, a afogar as minhas mágoas, e ela começou a odiar-me por não a amar como devia. Não a censuro. Foi então que conheceu o outro, o tal Bill; e foi-se embora com ele, ela, o Bill e o pequeno Arthur, e foi nesse dia que a vi pela última vez. Não é propriamente aquilo a que poderíamos chamar uma história com um final feliz!

— Pois não — concordei. — E o barco salva-vidas? Como é que voltou a encontrá-lo?

— Já ia chegar aí. Depois de a Cecilia se ter ido embora, mais o pequeno Arthur, nunca mais voltei a viver numa casa como deve ser, isto é, até ter ido para a vossa casa. Arranjava um emprego aqui, outro ali, na construção naval, e assim fui percorrendo todo o país, e sempre ganhei o meu dinheiro honestamente. Mas sempre vivi num barco, sempre na água. Andava de um lado para o outro, tornei-me numa espécie de cigano aquático. Ia para onde havia trabalho, e para onde me apetecia ir. Até que, talvez há cerca de dez anos, fui dar com este barco a apodrecer num estaleiro em Poole. Como calculas, era o *Michael Hardy*. Pura sorte. Tinha poupado algum dinheiro, durante esses anos, embora não muito. Ele ia ser vendido por uma bagatela, por isso comprei-o. Demorei cinco anos a arranjá-lo, a pô-lo como ele era dantes. Só mudei uma coisa, foi o nome. Chamei--lhe *Lucie Alice*. Não preciso de te explicar porquê, pois não?

Eu precisava de lhe perguntar uma outra coisa e achei que tinha chegado a altura certa.

— Mas continuo a não compreender, Popsicle. Por que razão não voltou a França, para procurar a Lucie Alice?

Ele suspirou, e depois esboçou um sorriso triste.

— Acho que todos os dias da minha vida tenho feito essa pergunta a mim mesmo. Até agora a minha resposta tem sido sempre a mesma, e não é fácil explicar isso, Cessie. Mas vou tentar. É assim: enquanto eu não souber o que lhe aconteceu, posso ter esperança, uma pequena esperança de que ela ainda esteja viva, seja onde for. É claro que o mais provável é que ao fim de todos estes anos já tenha morrido, bem sei; mas se eu não tiver a certeza disso, pelo menos posso continuar a pensar nela como se ainda estivesse viva, não é? E digamos que voltava a encontrá-la e que afinal estava viva, o que é que ela pensaria de mim, depois de eu a ter denunciado? A ela e à mãe. Fui à janela e não devia ter ido. De uma maneira ou de outra ficaria sempre malvisto! Pelo menos é o que tenho pensado, até... até este momento.

— O que quer dizer com isso? — perguntei.

— Bem, estava aqui sentado a pensar quando tu chegaste. Aquela ligeira trombose que tive, foi um aviso, é o que eu acho. Foi como que para me dizer que, seja para o bem ou para o mal, eu devo ir à procura da Lucie Alice e descobrir o que aconteceu há tantos anos. E talvez, apenas talvez, possa acertar as coisas entre nós. Toda a vida tenho andado a fugir disto, Cessie. Mas agora acabou. Acabou. Até sei o nome da rua onde ela morava. Está na fotografia. É preciso ver com muita atenção, mas está lá.

Mostrou-me novamente a foto e, embora com dificuldade, consegui ler o nome da rua, por cima da cabeça da Lucie Alice: *Rue de la Paix*.

— Não é longe — continuou o Popsicle. — E nunca se sabe, Cessie, pode ser que eu tenha sorte. Pode ser que a encontre. Pode ser que ela ainda lá viva.

A ideia ocorreu-me de imediato, e não hesitei.

— Também posso ir, Popsicle? Por favor, posso ajudá-lo. A sério que posso. Vai precisar de alguém para o ajudar, não vai? Eu posso encarregar-me das amarras. Posso fazer de vigia. Posso cozinhar. Posso fazer qualquer coisa. Por favor!

Ele olhou-me longa e pensativamente.

— Tu e eu, Cessie, às vezes pensamos como um só, juro-te que sim. Estava mesmo a pensar como é que havia de conseguir ir sozinho procurá-la até Dunquerque — subitamente, avançou para mim e pegou na minha mão. — Eras capaz de fazer isso? Eras mesmo capaz de ir comigo?

— Quando? — perguntei. — Quando é que partimos?

— Assim que eu tratar de alguns assuntos — respondeu. — Assim que a maré estiver de feição.

11

A GRANDE FUGA

Uma hora depois o Popsicle ainda estava debruçado sobre os seus mapas. Tinha colocado latas de leite condensado a toda a volta, para segurar os cantos enrolados. Fazia os seus cálculos no mais profundo silêncio, com a testa enrugada em grande concentração.

— Já está quase, Cessie — disse-me por fim, estendendo o braço sobre a mesa para apanhar um folheto cinzento. — É sobre as marés — continuou, enquanto procurava a página pretendida. — Isto é como que a bíblia dos marinheiros. Temos de saber a hora das marés, da maré alta, da maré baixa. Se não soubermos não podemos ir para o mar. A altura ideal será no próximo sábado, pelo menos é o que espero. Uma coisa de que nunca nos podemos esquecer em relação ao mar, Cessie, é que nós só podemos fazer aquilo que ele nos deixa fazer — encontrou o que procurava. — Bem me parecia. Bem me parecia. No sábado à noite vamos ter Lua cheia. Óptimo. É claro que o céu poderá estar nublado, mas não importa. Teremos luz suficiente para navegar. Esperemos é que não haja muito vento. Vamos fazer figas. Com um pouco de sorte demoraremos cinco ou seis horas. Daqui a Dunquerque são sessenta e três milhas, menos do que eu pensava. Devemos lá chegar um pouco antes do amanhecer. É melhor assim. Se eles não nos virem, não farão perguntas. E se nos virem, bem, então teremos de arranjar maneira de dizer as coisas sem nos metermos em sarilhos. Já não seria a primeira vez que me veria nessa situação — fechou o livrinho. — Sendo assim, tens de estar aqui por volta da meia-noite do próximo sábado. Achas que consegues mesmo?

— Claro que sim — respondi, embora não tivesse muito a certeza disso. Só sabia que queria ir com ele. Disso tinha a certeza.

— Linda menina. Mas há uma coisa que vais ter de fazer, e não quero que te esqueças. Quero que deixes um bilhete aos teus pais. Nenhum de nós quer que eles fiquem numa aflição, pois não? Diz-lhes apenas que foste uns dias para fora comigo, e que eu te trarei novamente muito em breve. E diz-lhes adeus por mim. Que não estou magoado com eles. Mas que chegou o momento de eu partir outra vez, mais nada.

— O que quer dizer com isso? — perguntei.

— Já te expliquei, Cessie. Não consigo suportar ficar enclausurado, seja em armários, ou campos de prisioneiros, ou em Xangri-La, para mim é tudo o mesmo. Nunca mais quero voltar para lá. Não me interpretes mal. Não é que aquilo não seja bom, com excepção da Mulher-Dragão. Arranjei lá bons amigos, e vou sentir a falta deles. Mas aquilo não é para mim, nunca será. Não, Cessie, este é que é o meu lar, este barco. Seja o que for que aconteça em Dunquerque, quer eu fique maluco quer não, é aqui que quero acabar os meus dias, no meu barco, tendo por cima de mim o céu e a toda a volta o mar. É aqui que me sinto bem.

Supliquei-lhe que não ficasse a viver ali, embora soubesse que não valia a pena insistir.

— Eu vou contar-lhes. Vou contar à mãe e ao pai o que aconteceu, que o avô já se recordou de tudo, que já está bom, perfeitamente bem. Que já pode voltar para nossa casa. E eles não vão mandá-lo de novo para Xangri-La. Sei que não vão. Nem eu deixaria.

Ele abanava a cabeça enquanto eu falava.

— Não, Cessie, não lhes digas nada disso, nem penses numa coisa dessas. E não os censures por me terem mandado para Xangri-La. Da maneira como eu estava, eles não tinham outra saída. Eu estava a ser uma fonte de preocupações. De facto, estava. E causei-lhes bastantes problemas e aflições.

— Mas agora está melhor — insisti, já sem conseguir conter as lágrimas.

— Sim, estou melhor, melhor do que nunca, e vou fazer aquilo que já devia ter feito há muitos anos. Vou descobrir o que aconteceu à Lucie Alice, e não quero que ninguém me impeça. Por isso fica tudo só entre nós os dois. Mais ninguém pode saber de nada. Promete-me, Cessie.

— Prometo.

Estendeu o braço e enxugou com a manga as lágrimas do meu rosto.

— E não quero mais lágrimas, Cessie. Não aguento ver-te chorar.

Fiz um esforço enorme para as reprimir.

— Assim está melhor — continuou ele. — Agora vou voltar para Xangri-La, e o melhor é tu ires também para casa quanto antes. Eles já devem estar numa ansiedade, e nós não queremos isso. Ainda tenho uma ou duas coisas a terminar aqui, antes de sair: verificar a bateria, ver se tenho diesel suficiente nos depósitos, esse tipo de coisas. Não queremos que o motor nos deixe ficar a meio do canal, não é? Ainda por cima com todos aqueles petroleiros enormes que andam sempre para cá e para lá.

Levou-me para o convés e acompanhou-me até ao passadiço.

— Sábado, à meia-noite — disse mais uma vez. — Não te atrases.

Levantei os olhos para o seu rosto. Parecia branco como o de um fantasma, contrastando com o escuro do céu. Ocorreu-me o pensamento de que o Popsicle podia não ser uma figura real, que podia ser apenas um produto da minha imaginação, que talvez eu estivesse a viver tudo isto apenas em sonho. Precisava de ter a certeza. Pus-me em bicos de pés e passei os braços em volta do seu pescoço. Era mesmo real. Avancei rapidamente para o pontão.

— Ah, Cessie, e traz muitas roupas quentes — ainda me disse ele. — Vais precisar delas. E traz também o teu violino. Não há nada como o som da música quando estamos no mar. Mantém--nos bem-dispostos.

Havia muita música à minha espera quando cheguei a casa. Mal tinha passado a porta da frente, quando ela começou. Não discuti, mas defendi-me.

— Apenas fui à procura dele. Que mal tem isso? E, afinal, já o encontraram? — lembrei-me depois de perguntar.

— Ainda não — respondeu a minha mãe, e vi que tinha estado a chorar. — Mas vão encontrá-lo, não vão, Arthur?

Desviou-se de mim e enterrou a cabeça no ombro do meu pai. Só nesse momento é que compreendi como eles estavam a sofrer, tanto um como outro. De repente senti vontade de os consolar, de lhes contar tudo o que sabia, tudo o que me tinha acontecido nessa noite. Mas não podia fazer isso. O Popsicle confiara em mim. Eu tinha-lhe prometido.

113

— Aposto — disse eu, inventando à medida que falava —, aposto que ele só saiu para ir dar uma volta. Vai voltar mais cedo ou mais tarde, vão ver — foi o melhor que consegui dizer sem lhes revelar nada.

Mais tarde preparei-lhes um chá, o que não é muito habitual em mim, e fui levá-lo à sala. Eles estavam sentados no sofá ao lado um do outro, de mãos dadas. Quando me viram chegar com o tabuleiro os seus rostos iluminaram-se, e eu senti-me satisfeita.

— O Popsicle sabe tomar conta de si mesmo — comentei, enquanto lhes servia o chá. — Ele é um resistente, pai; foste tu próprio quem o disse. Onde quer que esteja, sei que está bem. Tenho a certeza disso.

Enquanto estávamos ali sentados, eu tentava pensar em mais coisas que pudesse dizer para os confortar, mas sabia que tinha de ter cuidado. E também tinha de demonstrar ansiedade. Por isso resolvi ficar calada. Era mais seguro.

Subitamente, o meu pai levantou-se e pôs-se de costas para a lareira, com as mãos enfiadas nos bolsos.

— Vou dizer uma coisa, uma coisa que tem de ser dita — pareceu hesitante, sem saber se havia ou não de continuar. — Vocês vão odiar-me por isto — continuou, procurando o meu olhar.

— O que é? O que é? — perguntou a minha mãe, da ponta do sofá.

— Está bem, eu digo — mas parecia que continuava a custar-lhe. — Durante todo este tempo, desde que ele cá apareceu, não tenho sido simpático para com ele. Sei-o bem, e não me orgulho disso. Na verdade, acho que talvez o tenha mandado para Xangri-La não apenas para bem dele, mas também em parte para o magoar, tal como ele me magoou quando eu era criança. Acho que o que eu queria mesmo era que ele ficasse lá sentado, ansiando pela nossa visita, só para saber o que isso custa — tinha agora a cara coberta de lágrimas. — Dia após dia, ano após ano, eu ficava lá sentado naquele muro em frente do lar, e olhava para a estrada acreditando que ele ia aparecer na esquina e levar-me dali para fora, mas ele nunca o fez. Sempre o odiei por isso, sempre. Sei que não devia mas, de facto, odiava-o.

— Mas tu não és assim — murmurou a minha mãe. — Isso é maldade, é vingança.

— Pois é — continuou o meu pai —, e pior ainda. Ele pode estar agora morto debaixo de um autocarro, ou ter sido atacado nalgum beco escuro; e se ele estiver morto, é como se o culpado tivesse sido eu, o seu próprio filho — percebi que procurava compreensão, apoio, e eu não sabia como é que poderia dar-lho.

— Devia tê-lo tratado como vocês fizeram, as duas. Devia tê-lo recebido de braços abertos, mas não fui capaz. Já o devia ter perdoado. Afinal de contas, sou um homem adulto. Devia ter sentido em mim...

O telefone tocou. A minha mãe foi a primeira a chegar junto dele. Nós seguimo-la até à entrada da frente. Mas ela ouvia mais do que dizia.

— Sim... Sim... obrigada — poisou o auscultador e voltou-se para nós. Apesar das lágrimas, irradiava felicidade. — Ele está bem. O Popsicle está bem. Parece que se dirigiu a um polícia, com toda a naturalidade, e lhe pediu boleia para Xangri-La. Mas está bem. Perfeitamente bem.

O abraço que se seguiu foi um abraço a três, e que nunca mais acabava.

— Vamos trazê-lo outra vez cá para casa, — disse o meu pai, quando finalmente nos libertámos. — Vamos trazê-lo para cá.

A semana que se seguiu pareceu durar mais de um mês. Todas as noites, todos os dias, o meu pensamento ia só para o Popsicle, o sábado, Dunquerque, a Lucie Alice. Na escola a Shirley Watson bombardeava-me com perguntas intermináveis sobre o *Lucie Alice*, perguntas a que eu me esquivava o melhor que conseguia sem a ofender. Contei-lhe tudo o que podia que era verdade, e que ajuda sempre quando estamos a mentir. Expliquei-lhe que o Popsicle adorava barcos salva-vidas porque tinha trabalhado num havia muitos anos, quando era jovem. Que ele devia ter visto o *Lucie Alice* lá em baixo no canal, e que o tinha usado como modelo para o barco que construiu para mim. Ela acreditou em mim, achei que sim, embora sem muita certeza. Quando se tratava da Shirley Watson, nunca podia ter a certeza de nada. Não havia dúvida de que ela se tinha tornado numa aliada, até numa amiga; uma reviravolta que me deixava satisfeita, mas em que ainda me custava a acreditar.

Em casa fazíamos preparativos apressados para receber de novo o Popsicle. O meu pai andava a fazer contactos para arranjar uma enfermeira que pudesse vir todos os dias úteis, enquanto ele não estivesse capaz de ficar sozinho. Mas a enfermeira que contratou só podia começar a vir a seguir ao fim-de-semana. Íamos fazer uma surpresa ao Popsicle, disse ele. Íamos lá no domingo e dizíamos-lhe inesperadamente que ele ia connosco para casa. Pegávamos nas coisas dele e levávamo-lo connosco.

Eles estavam ansiosos por tudo isso; mas é claro que enquanto faziam todos esses planos eu sabia muito bem que tal não iria acontecer, que no domingo já o Popsicle e eu teríamos partido para França, que eles teriam encontrado a minha carta, a carta que eu ainda andava a pensar como havia de escrever, e que eles já saberiam o pior. Muitas vezes estive quase para lhes contar. Queria muito libertar-me do fardo desse meu segredo, mas não podia nem queria trair o Popsicle. Guardava o segredo só para mim e desejava que os dias passassem.

Só no sábado de manhã é que acabei de escrever a carta. Tentei escrever tudo, explicar tudo, contar toda a história do Popsicle; mas quando depois fui lê-la pareceu-me tudo tão inverosímil, como se tivesse sido eu que a tinha inventado. Talvez por causa da forma como a redigi. Escrevi páginas e páginas, mas foram parar ao cesto dos papéis. Acabei por me decidir a escrever apenas umas notas muito resumidas:

Queridos pais,
Por favor não se preocupem comigo. Fui para fora uns dias, com o Popsicle. Há uma coisa que ele tem de fazer e precisa da minha ajuda. Por isso fui com ele. Mas não se preocupem. Em breve voltarei, sã e salva.
Um beijo da
Cessie

Passámos a tarde de sábado a fazer cartazes de boas-vindas para o Popsicle, um para pôr à entrada da porta principal, outro na porta do quarto dele. Fomos buscar a caixa dos enfeites de Natal e enfeitámos a sala com fitas e balões. Pendurámos as luzes da árvore de Natal na parte de cima da lareira. Soprei tanto para encher tantos balões, que fiquei com dores de cabeça.

Apesar da falsidade que eu estava a cometer, foram uns dias de que gostei muito, porque estávamos os três unidos, tão unidos como já há muito não acontecia. O meu pai nem uma só vez disse que tinha de ir ao emprego, nem sequer atendia o telefone. E a minha mãe quase não falava da «sua» escola e das «suas» crianças. Eu desejava que tudo pudesse ser sempre assim.

Ansiava para que eles se fossem deitar cedo, e para tentar fazer com que assim acontecesse resolvi ir tomar banho logo que acabámos de jantar.

— Até amanhã — disse o meu pai. Acho que ficou um bocado surpreendido quando lhe fui dar um beijo de boas-noites. Havia já várias semanas que o não fazia. — Então amanhã é que é o grande dia! — comentou, retendo um pouco a minha mão.

— Pois é, pai — concordei, odiando-me a mim mesma por aquilo que estava quase a fazer para com eles.

— Vê lá se não demoras tempo de mais no banho! — advertiu a minha mãe. — Eu ainda vou ao teu quarto. Não me demoro.

Quando cerca de uma hora mais tarde ela entrou no meu quarto, foi dar comigo aparentemente a dormir, com a luz apagada. Já tinha deixado as minhas roupas todas prontas em cima da cadeira, e atrás dela tinha escondido duas camisolas de gola alta e o anoraque. O violino estava debaixo da cama — não me tinha esquecido dele.

— Já estás a dormir? — perguntou, em voz baixa.

Não respondi porque, no estado de excitação em que me encontrava, a minha voz poderia denunciar-me. Ela fechou a porta sem fazer barulho. Fiquei ali deitada no escuro, com um enorme peso na consciência. Sabia muito bem que ia causar-lhes uma angústia tremenda, mas não via outra maneira de cumprir a promessa que tinha feito ao Popsicle.

Tentei não fechar os olhos. Tinha de me manter acordada. A última coisa que queria era adormecer e não acordar a tempo. Só desejava que eles desligassem o televisor e fossem deitar-se. Mas nunca mais iam. Ouvia os sons da televisão lá em baixo, parecendo embalar-me e afastar-me da minha decisão.

Só quando acordei é que percebi que tinha adormecido. Sentei-me, assustada. O relógio na minha mesa-de-cabeceira marcava onze e um quarto. À minha volta, toda a casa estava escura e em silêncio. Sabia onde tudo se encontrava, sem precisar de acender a luz. Em poucos minutos vesti-me, desci as escadas e saí pela porta da frente. Com o violino preso ao porta--bagagem atrás de mim, pedalei até sair do bairro e meti-me pela cidade, tão depressa quanto podia. As ruas estavam praticamente desertas. Quando ia a atravessar a ponte sobre o canal ouvi o relógio da igreja bater a meia-noite. Tinha conseguido, por um triz.

À luz do luar conseguia ver com bastante nitidez as embarcações, e a seguir o casco mais largo do *Lucie Alice*. Mas não havia luzes a bordo. Ele estava tão escuro como o barco ao lado. Não havia ali ninguém. Enquanto pedalava ao longo do cais, ia cheia de pensamentos, preocupações e dúvidas. Talvez o Popsicle ainda não estivesse assim tão bem, afinal. Talvez ele ainda tivesse lapsos de memória. Talvez estivesse mal da cabeça. Ou quem sabe se toda aquela história sobre a Lucie Alice e Dunquerque não seria apenas uma fantasia de um velho. Talvez o Popsicle estivesse a dormir na sua cama em Xangri-La, completamente esquecido daquilo que tínhamos combinado.

Deixei a bicicleta deitada no meio da vegetação rasteira junto ao pontão, e entrei a bordo. Chamei por ele, tão alto quanto fui capaz. A Lua encobriu-se atrás de uma nuvem e tudo escureceu de repente. Um arrepio de medo subiu-me pelas costas, até ao pescoço. Fui até lá abaixo. A porta da cabina continuava fechada à chave. Fui à procura, às apalpadelas, e encontrei a chave dentro da lata do chá. Não havia dúvida de que o Popsicle não estava ali. Pensei então que talvez ele tivesse dito domingo à noite, e não sábado à noite. Subi para o convés. A Lua estava outra vez descoberta e deu-me uma nova esperança. Estava tão redonda, tão perfeitamente cheia, que mais seria impossível. A Lua cheia seria no sábado, dissera o Popsicle. Por isso não podia estar enganada, tinha de ser sábado, sábado à meia-noite.

Ouvi o som de um carro que se aproximava, vi a luz de faróis varrer o canal, iluminando momentaneamente todo o comprimento do *Lucie Alice*, e cegando-me quando incidiram nos meus olhos. Agachei-me atrás da amurada. Ouvia o barulho do carro no pontão, cada vez mais perto de mim. Parou. O motor foi desligado e novamente se fez silêncio. Eu tinha de ver. Não era um carro. Era um miniautocarro, branco e com qualquer coisa escrita de lado. Uma das palavras era, sem dúvida, «Xangri-La».

O Popsicle vinha a sair do lugar do condutor e contornou a dianteira do miniautocarro. Sorriu para mim.

— Um bocadinho atrasado, Cessie. O malandro não queria pegar.

A porta do outro lado abriu-se e as portas laterais de correr também deslizaram. Contei-os, à medida que iam saindo. Nem conseguia acreditar no que via. Eram doze. Reconheci o Harry entre eles. Não vinha na cadeira de rodas. Vinha pelo seu pé, apoiado em duas bengalas, com as costas curvadas. Uma senhora de idade seguia ao seu lado, ajudando-o.

— Já conheces o Harry, não conheces? — perguntou-me o Popsicle. — E esta senhora é a Mary. Era enfermeira. E vai ocupar-se dos nossos medicamentos, não é assim, Mary? — bateu as palmas. — Atenção a todos! Esta é a minha neta, a Cessie, de quem tanto vos tenho falado.

Dirigiram-se todos para bordo e pareciam saber exactamente o que tinham a fazer.

O Popsicle estava ao meu lado, com o braço por cima do meu ombro. Via-se que sentia orgulho em mim. Alguns deles tocaram-me no cabelo, quando passaram por mim; uma das senhoras de idade — vim mais tarde a saber que todos a tratavam por «Big Bethany» — passou a mão fria pela minha cara.

— Tinhas razão, Popsicle — disse ela. — Parece mesmo uma princesa. Então vamos chamá-la assim, Princezinha.

E todos se riram.

— Podemos ser velhos marinheiros — disse-me o Popsicle com orgulho —, mas vamos sair-nos bem. Trouxemos cobertores, alimentos, água, tudo o que precisamos.

Vi que traziam para bordo a cadeira de rodas do Harry e depois puxaram a prancha de embarque.

— Não te preocupes, Cessie. Já fizemos um ensaio, anteontem à noite. Trouxemos «emprestado» o miniautocarro durante umas horas — continuou o Popsicle. — Mostrei-lhes tudo. Cada um sabe qual é a sua função. Todos sabem o que estão a fazer.

A mim só me restava ficar ali parada a olhar e a admirar, enquanto eles andavam numa azáfama a tratar do que era preciso.

— Eles sabem tudo? Até sobre a Lucie Alice? — perguntei.

— Tudo — respondeu o Popsicle —, estão a par de tudo, do princípio ao fim. Calculei que íamos precisar de toda a ajuda que fosse possível. Eles ofereceram-se, Cessie, por um homem e uma mulher. Claro que alguns deles não podiam fazer grande coisa. Mas os que vieram estão desejosos de partir. Não é verdade, Harry?

— Só há uma coisa de que vou ter pena — comentou o Harry —, é de não poder ver a cara da Mulher-Dragão quando de manhã descobrir que metade dos seus residentes desapareceu! — ele tinha-se sentado na cadeira de rodas e a Mary estava a embrulhar-lhe as pernas num cobertor. — Que belo barco, não é, Cessie? — exclamou ele, voltando-se para mim.

Que belo barco, e que bela tripulação, pensava eu para comigo. À minha volta, todos os velhos marinheiros se agitavam nos preparativos para a partida. As luzes lá em baixo já estavam acesas, as lonas alcatroadas eram enroladas e guardadas. Parecia que o Popsicle estava em todo o lado, a ajudar, a relembrar-lhes o que tinham a fazer, a elogiar. Não restavam dúvidas de quem era o comandante. Todos tinham um papel a desempenhar, excepto eu, segundo parecia. Já começava a sentir-me a mais, quando o Popsicle me chamou de lado.

— Logo que eu puser os motores a trabalhar, Cessie, quero que vás dizer ao Sam, lá na casa do guarda da barragem, que estamos prontos. Já o conheces, não já? Ele contou-me tudo sobre a maneira como se conheceram. Está à tua espera. Ajuda-o a abrir as comportas, está bem? Depois, assim que tivermos passado, entras no barco e vais lá para a frente, e ficas de olhos bem abertos para ver se há bóias, ou cordas, ou o que quer que seja. Não queremos chegar a Dunquerque com uma corda enrolada nas hélices, não é assim?

Quando os motores começaram a roncar, fui a correr pelo pontão, atravessei a ponte sobre o canal e bati à porta do Sam. Ele já devia estar à espera, porque imediatamente a porta se abriu, e ele apareceu com uma espécie de botas e de roupão, com uma lanterna na mão. Olhou para o *Lucie Alice*, todo iluminado da proa até à popa, parecendo um bolo de Natal, com os velhos tripulantes a puxarem as cordas, o Popsicle na roda do leme, e o Harry ao lado, na cadeira de rodas.

— Eu nem acredito! — exclamou o Sam. E não parava de rir, enquanto abríamos o portão da comporta para deixar passar o *Lucie Alice*. A roda que o accionava era pesada e difícil de girar, e foi com muito esforço que conseguimos abri-lo completamente. Entrou na eclusa, com os motores trabalhando ruidosamente. Ficava quase à medida daquele espaço. Fechámos a comporta atrás dele. À medida que a eclusa ia ficando cheia de água, o barco ia subindo majestosamente na nossa direcção. Só agora, afastado das outras embarcações e sozinho, é que me apercebia da sua grandiosidade. O Sam traduziu por palavras o meu pensamento.

— Nunca vi outro barco assim. Só espero que o Popsicle saiba o que está a fazer. Daqui a Dunquerque ainda é uma grande distância. E, além disso, há que contar com as condições atmosféricas. O mar não deve estar nada calmo esta noite.

Quando o convés do *Lucie Alice* alcançou o nível do solo, o Popsicle já lá estava para me ajudar a saltar para bordo.

— Se vires algum obstáculo à nossa frente, Cessie, avisa-me logo, em voz bem alta!

Dirigi-me para a proa, pus-me em bicos dos pés, apoiei-me nos cotovelos e fiquei a olhar para a escuridão da água.

Alguns minutos depois já estávamos fora da comporta. As máquinas aceleraram e entrámos lentamente no porto. O mar brilhava ao luar e havia boa visibilidade. Por baixo de mim, a proa do *Lucie Alice* ia sulcando as águas, e senti os primeiros salpicos na cara. Saboreei o sal dos lábios, e inspirei fundo.

Enquanto atravessávamos o porto, vi as silhuetas dos barcos de pesca junto ao cais, e as gruas muito altas e direitas, parecendo esqueletos de sentinelas a guardá-los. O farol no extremo da barra do porto estava agora mais próximo e brilhava com mais intensidade. Passámos então junto dele e fizemo-nos ao largo, embalados pelas ondas do mar. O Sam estava enganado. As águas não estavam muito agitadas. Ouvi alguém rir atrás de mim quando sofremos o embate da primeira onda mais forte, mas era um riso nervoso. O velho barco rugia e estremecia e avançava.

O frio dos salpicos quase me cortava a respiração. Acima de mim a Lua galgava as nuvens, à mesma velocidade que o *Lucie Alice* galgava o mar. Ela ia acompanhar-nos durante todo o trajecto, pensei eu. Lá ao longe, à minha frente, o mar cintilava e resplandecia, e eu sabia que para além do horizonte escuro estavam Dunquerque e a França. Pensei na última vez que ele tinha feito esta viagem, tantos anos antes, para ir buscar os soldados às praias. Só esperava e pedia a Deus (e de facto pedi mesmo) que a Lucie Alice estivesse em Dunquerque, tal como naquela época.

Quando já nos encontrávamos bem longe da costa, fui ter com o Popsicle, que continuava ao leme. A cadeira do Harry estava a ser amarrada e a Mary estava a embrulhá-lo com mais outro cobertor, ao mesmo tempo que tentava convencê-lo a ir para baixo com os outros. Mas o Harry não queria nem por nada.

— Não vou perder isto, Mary, nem pensar. Por isso pára de resmungar comigo. Vou continuar aqui.

O Popsicle envolveu-me com o seu casaco e deixou-me segurar também a roda do leme.

— Cá vamos nós! — exclamou. — Deixaste um recado aos teus pais, como eu te tinha dito?

— Deixei.

— Assim está bem. Segura o timão com força. Consegues sentir o barco, Cessie? Sentes o coração dele a bater?

De facto, também eu sentia.

— Está cheio de entusiasmo — continuou. — Aposto que sabe muito bem para onde se dirige. Vai voltar a Dunquerque. E queira Deus que nos leve também ao encontro da Lucie Alice.

12

DE MANHÃ CEDO

Era como se eu tivesse partido para uma grande aventura, para uma expedição fantástica, com um grupo de Argonautas de cabelos prateados, e com o Popsicle ao leme. Mas estes Argonautas que me rodeavam não eram heróis gregos robustos e musculosos. Eram uma dúzia de reformados cujas idades todas somadas, pelas minhas contas, deviam totalizar perto de mil anos.

Os seus risos joviais e o calor da sua camaradagem davam a sensação de que tinham saído para um alegre passeio de domingo; mas bastava o Popsicle dizer uma palavra para que imediatamente eles obedecessem como bons tripulantes, talvez um bocado lentos para o trabalho a bordo, mas compenetrados e decididos. Estavam sempre quatro de vigia no convés superior, dois à frente, dois à ré, e o Popsicle nunca largava a roda do leme. Fazíamos turnos de várias horas, e quando descíamos havia sempre canecas de chá quente à nossa espera, sandes de fiambre para alguns, para outros torradas e feijão cozido com molho de tomate.

Nunca cheguei a conhecê-los a todos, já que eram muitos, além de que, efectivamente, ninguém nos apresentou. Mas eles tratavam-me como se já me conhecessem, e isso sabia-me bem. Quem fiquei a conhecer melhor foi o Benny, porque me contou tudo a seu respeito. A cozinha era o domínio do Benny, e ele quis deixar isso bem claro. O Benny gostava de falar, gostava de falar em voz alta e repetia-se muitas vezes. Todos gritavam quando se lhe dirigiam, e a princípio não percebi porquê. Mas não demorei a descobrir que ele era quase completamente surdo. Contou-me que tinha sido cozinheiro-chefe num hotel em Bornemouth durante quase toda a sua vida activa, e que nunca permitia que alguém pusesse os pés na sua cozinha. Por isso eu só podia lá entrar se fosse para o ajudar. Dei por mim a fazer de tudo, desde lavar a loiça, a mexer os feijões ao lume, a barrar o pão com manteiga, a cortar as côdeas do pão.

— Temos de agradar aos fregueses — explicou-me ele, brandindo uma colher de pau. — Estou a dizer-te que temos de agradar aos fregueses. Muitos de nós já não conseguimos comer as côdeas. Já não conseguimos. Sabes uma coisa, Princezinha? Podes não acreditar, mas quando fiz vinte e um anos tirei-os todos — nem sempre era fácil entender o que ele dizia. — Tirei-os todos. Foi a prenda da minha mãe, que já lá está. «Tira os dentes», disse-me ela, «e nunca terás problemas com eles mais tarde.» E ela tinha razão. Ela tinha razão. Em Xangri-La são poucos os que ainda têm os seus próprios dentes. Olha o Chalky, por exemplo, está tal e qual como eu. Não tem nem um dente, nem um.

O Chalky, como todos o chamavam, quase não largava as máquinas. Sempre que me via lançava-me um sorriso desdentado e acenava com um pano sujo de óleo.

— Ele adora máquinas, o Chalky, conhece-as como os seus dedos. Foi maquinista de comboios. É um tipo muito pacato, não faz mal a uma mosca — continuou o Benny. — Mas toma atenção com o Mac — acrescentou, num tom mais confidencial. — Não tem nada a ver com o Chalky. Ele era sargento-ajudante na Guarda Real. E é muito intransigente. Muito intransigente com tudo. Tudo tem de estar como deve ser, se não estiver ele não fica nada satisfeito. Não fica nada satisfeito. E quando as coisas não lhe agradam... É preciso ter cuidado com o Mac. É o que te digo, é preciso ter cuidado com o Mac.

Eu já conhecia o Mac, o Harry tinha-me dito quem ele era. Era o mais garboso de todos, com um bonito bigode, e era o único que parecia nunca sorrir para mim. Andava constantemente a patrulhar o convés, para se certificar de que todos nós nos agarrávamos às cordas salva-vidas, por razões de segurança, quando subíamos para o convés. Andava sempre a verificar se a cadeira do Harry estava bem amarrada. Também estava sempre presente de cada vez que havia mudança do turno de vigilância, para ver se ninguém escorregava ou tropeçava quando vinha para cima. O Benny contou-me que ele tinha um olho de vidro, mas eu nunca descobri qual deles era.

Havia depois os irmãos gémeos, ainda tão parecidos aos oitenta e quatro anos. Ambos com pouca firmeza nas pernas, e insistindo sempre os dois para ficarem juntos nos mesmos turnos de vigilância. O Benny contou-me tudo a seu respeito.

— Eles já estão em Xangri-La faz agora quinze anos, são os residentes mais antigos. Quase nunca saíram de lá durante todo esse tempo. E nunca tinham estado num barco, nenhum deles. Aliás, nunca iam a lado nenhum. Tinham uma loja de ferragens em Bradford, onde sempre viveram. Para eles, esta é uma experiência totalmente nova. Bem, é nova para todos nós, excepto para o Popsicle, claro. Olha que os feijões vão ficar pegados ao tacho se não os mexeres, Princezinha! Ouve o que te digo, esses feijões vão pegar se não os mexeres.

Ali em baixo estava muito calor e um ar abafado. Não sei se foi do cheiro a óleo das máquinas, ou dos feijões ao lume na cozinha, ou dos balanços do barco, fosse por que fosse comecei a ficar enjoada. Subi ao convés para respirar o ar fresco e senti-me logo melhor. O Popsicle chamou-me. Deu umas palmadinhas na roda do leme.

— Não é o máximo? É ou não é uma maravilha? Já tem mais de cinquenta anos e ainda ronrona como um gatinho.

A mim parecia mais o rugir de um leão, mas não repliquei. O Harry deu-me a sua caneca de chá vazia, para eu levar para a cozinha.

— Vou dizer-te uma coisa — exclamou. — Nunca senti tanto frio em toda a minha vida, mas também nunca me tinha divertido tanto. Isto é uma autêntica aventura, não achas? Mesmo que o teu avô nos tenha trazido a todos sob um falso pretexto, mesmo que toda essa história sobre Dunquerque e a Lucie Alice seja uma peta, uma patranha, não me importo. Nenhum de nós se importaria. Estamos a viver a aventura das nossas vidas, todos nós. Estarmos aqui, desta maneira, faz-nos sentir vivos outra vez.

— Mas não é uma patranha — protestei. — É verdade...

— Claro que sim — respondeu o Harry — Eu sei disso. E sabes como é que sei? Porque é uma história demasiado fantástica, é por isso. Ele não seria capaz de inventar uma coisa dessas, mesmo que quisesse. Eu tive as minhas dúvidas no princípio, como, aliás, todos nós tivemos. Mas, quando ele nos trouxe aqui para vermos o *Lucie Alice* na outra noite, ficámos todos convencidos. E agora aqui estamos nós no meio do oceano, tendo apenas água à nossa volta. Parece um sonho, mas é o melhor sonho que já tive.

— Deixa lá os sonhos, Harry — exclamou o Popsicle. — Abre bem os olhos. Estamos quase a chegar a meio do Canal e há lá barcos muito maiores do que o nosso, muitíssimo maiores; quero vê-los quando ainda vierem longe. Por isso presta muita atenção, Harry, estás a ouvir-me?

— Está bem, está bem, meu comandante — respondeu o Harry, soltando a mão que estava sob o cobertor e fazendo o gesto de bater a pala.

Foi pouco depois disso que a Mary e o Harry tiveram uma pequena discussão. Tudo começou quando ela lhe disse que ele ia adoecer e até podia morrer se continuasse ali no convés durante muito tempo. Ele respondeu-lhe que se morresse era com ele e queria ali ficar. O Popsicle teve de intervir, para o mandar lá para baixo para a cabina aquecida.

— Tens muito tempo de vir outra vez cá para cima, Harry! — exclamou ele.

O Harry murmurou algo que nem se pode repetir, e cedeu muito contrariado. O Mac e a Mary levaram-no para baixo, com o Harry a resmungar todo o tempo.

— Vai buscar o teu violino, Cessie — pediu-me o Popsicle. — Ele vai animá-lo, e a nós todos.

Sentei-me então na cadeira de rodas do Harry e comecei a tocar. *Yesterday*, *Michelle*, *When I'm sixty-four*, toquei todas as músicas de que consegui lembrar-me. O Popsicle acompanhava-me a cantar, e no final de cada uma todos eles batiam palmas, tanto os que estavam à minha volta no convés como os que estavam lá em baixo na cabina. Até o Chalky deixou as máquinas por um bocado e subiu para ouvir. A seguir a *Nowhere Man*, que executámos muito bem, melhor do que nunca, eles até pediram bis. A Big Bethany sugeriu então que eu tocasse algo sem acompanhamento. Toquei o *Largo* porque sabia que não cometeria erros. O som do violino parecia-me fraco e agudo. Grande parte do som era abafado pela vibração dos motores, a ressonância ficava diluída e imediatamente se perdia na vastidão do mar; mas eles pareciam gostar.

— Que maravilha — exclamou a Big Bethany em voz baixa. — Foi mesmo uma maravilha.

Ela era de facto grande (*big*), tinha um grande sorriso, tudo nela era grande. Acho que era dela que eu mais gostava. Os dedos já me doíam com o frio. Pousei o violino nos joelhos e soprei para as mãos. Pensava que tinha terminado.

— Princezinha? — soou a voz do Harry, lá de baixo. — E se tocasses *Sailing*? Conheces essa música?

Acabámos por tocá-la vezes sem conta. Parecia que todos a conheciam, melhor do que eu. A seguir, sobrepondo-se ao barulho do motor, o Benny gritou que queria ouvir *What shall we do with the drunken sailor?* Eu já nem conseguia sentir os dedos, e estava a tocar tão fora do tom que a música era quase irreconhecível, mas eles pareciam não se importar. Acabámos cantando em coro *Earlie in the morning**, e depois, para meu grande alívio, o Popsicle deu por terminada a sessão musical. Mandou subir o novo turno de vigilância e a nós mandou-nos descer para que descansássemos um pouco. Ninguém replicou, e muito menos eu. Sentia-me exausta, completamente enregelada e ansiosa pelo calor da cabina, apesar do seu cheiro e do seu ar abafado. Desci e deitei-me na cama do Popsicle. A Big Bethany aproximou-se e tapou-me com um edredão. Disse-me que nunca na vida tinha ouvido tocar violino de maneira tão doce. Até então eu não sabia que as palavras podem de facto aquecer-nos fisicamente, mas as palavras dela aqueceram-me. Enrosquei-me em mim mesma e adormeci quase de imediato.

Quando acordei, ouvi um sino a soar nos meus ouvidos. Depois descobri que não era nos meus ouvidos. Soava algures por cima da minha cabeça. Olhei em volta. Não estava mais ninguém comigo na cabina, mesmo ninguém. Os motores estavam a trabalhar muito mais lentamente e senti que o barco quase não se movia. Lancei as pernas para fora da cama e saí a correr da cabina. Vi o Chalky curvado sobre as máquinas.

— Há algum problema? — perguntei.

— Nevoeiro — respondeu, sem me olhar. — Um nevoeiro horrível.

Minutos depois já eu estava no convés e senti que tudo girava à minha volta. O sino tocava novamente, algures à minha frente. Não conseguia ver a proa do barco. O Popsicle manobrava o timão. Todos os outros, incluindo o Harry, estavam de vigia a toda a volta do barco, parecendo estátuas escuras, cada um deles

---

* Em português *De manhã cedo*, que dá o título ao presente capítulo. (*NT*)

embrulhado num casulo do seu próprio nevoeiro. Nenhum deles se moveu. Nenhum deles falou. O Popsicle viu-me.

— Estamos de ouvido à escuta — sussurrou-me.

— À escuta de quê?

— Seja do que for. Pode ser de um motor, de uma sirene de neblina, de um sino de um barco. Tudo o que temos são os nossos ouvidos e uma bússola. Graças a Deus que temos uma bússola.

— Há quanto tempo é que isto está assim?

— Talvez já há algumas horas. Já quase tivemos uma colisão, e não queremos que isso aconteça de novo. Fica também de ouvidos atentos, Cessie, linda menina.

Fui então procurar um lugar junto à amurada. Vasculhava a neblina impenetrável que me rodeava, e mantinha-me à escuta, tão atenta quanto podia. Mas os meus ouvidos, segundo descobri, estavam tão inúteis como os meus olhos. Tudo o que ouvia era o barulho do nosso próprio motor e do mar a bater contra o casco do barco.

A figura junto de mim moveu-se e reconheci a Big Bethany.

— Já não devemos estar longe, Princezinha — disse ela, pondo o braço em volta dos meus ombros. — Não podemos estar longe.

A Big Bethany tratava-me como se fosse sua filha, bem como todos os outros, no meio dos sustos dessa noite, dando-me uma palavra aqui, um abraço ali.

Parecia que já estávamos enfiados naquele nevoeiro havia horas. A pouco e pouco o mundo à nossa volta foi ficando mais claro, à medida que a luz da manhã se infiltrava pelo nevoeiro, mas eu continuava a não ver nem ouvir melhor. Quanto mais me esforçava por ver, mais assustadoras me pareciam as formas que começava a imaginar: um touro a investir, um dragão que se erguia, um leão agachado prestes a atacar. O manto que nos envolvia era agora de um tom acinzentado, mas continuava a ser um manto.

Ouvi um grito atrás de mim. Voltei-me. O Harry estava a apontar para o nevoeiro, do lado de estibordo.

— Ali! Ali! — gritava ele.

E precisamente nesse momento ouvimos o som surdo de uma sirene, tão estrondoso, tão perto de nós que todos olhámos para a proa ameaçadora de um barco que surgiu do nevoeiro e podia abalroar-nos a qualquer momento.

— Agarrem-se bem! Agarrem-se muito bem! — gritava o Popsicle, e as máquinas começaram a trabalhar na potência máxima. Via a proa do barco a avançar mesmo abaixo de mim. Agarrei-me à Big Bethany e mantive-me assim. Vi a Mary cair e rolar pelo convés, sem conseguir parar. O Mac foi atrás dela, apanhou-a e segurou-a. A Mary agarrou-se a ele, a soluçar. Não o vimos, senão no último momento, o casco enorme de um petroleiro gigantesco, ou talvez de um cargueiro, que passou à nossa ré, a cinquenta metros ou talvez menos, logo desaparecendo no nevoeiro. Pensei que o perigo já tinha passado, mas não.

— Cuidado com a onda formada com a passagem do barco! — gritou o Popsicle.

Ao olhar para ele vi que parecia mesmo o timoneiro do modelo que me tinha construído, de pé com as pernas afastadas, bem firme, lutando com a roda do leme quando aquela onda enorme nos bateu de lado e nos arremessou com violência. Era como se tivéssemos sido subitamente atirados para a trajectória de um tufão.

Sei que gritei, e não fui a única. Não conseguia deter-me. A água saltava tumultuosa sobre a amurada, batendo-me no peito com toda a força e deixando-me gelada até aos ossos. A Big Bethany manteve-se sempre agarrada a mim, até que de repente tudo passou e ficámos em águas mais calmas. Olhei novamente à minha volta. O Popsicle continuava agarrado à roda do leme, rindo alto e limpando a água da cara.

— Olhem, olhem só o que eu estou a ver! — exclamou.

O nevoeiro à nossa frente estava já pouco denso. Estava a dissipar-se, não havia dúvida. Momentos depois vimos uma luz intermitente e a silhueta cada vez mais próxima de um farol, e a seguir a barra de um porto. O Popsicle abrandou.

— Ali está Dunquerque — disse ele. — É Dunquerque, ou eu não me chamo Popsicle.

Fui ter com ele.

— Está a reconhecer a cidade? — perguntei.

À luz acinzentada do amanhecer eu só conseguia distinguir uma faixa de areia que se estendia até ao horizonte sombrio.

— Não, de maneira nenhuma — respondeu-me. — Nem podia reconhecer, não achas? Foi há tanto tempo, e além disso tudo isto estava em ruínas da última vez que cá estive. Mas sei que é Dunquerque. Se não errei os meus cálculos, Cessie, e acho que não, espero que não, então aquilo que ali vês é a cidade de Dunquerque.

Quando entrámos no abrigo do porto deixámos para trás os últimos vestígios de nevoeiro. Estava um pescador solitário a pescar à linha, sobre a muralha. Acenou-nos e nós respondemos. Parecia não haver grande movimento no porto, com excepção de alguns barcos de pesca que estavam a descarregar junto ao cais. Os pescadores interromperam o seu trabalho para nos verem a entrar. Ainda estavam a olhar para nós quando atracámos mais adiante.

— *Magnifique* — exclamou um deles. — *Le bateau, il est superbe, magnifique.*

— *Bonjour* — saudou-os Harry, enquanto o Mac e a Mary o colocavam na cadeira de rodas, à beira do cais. — *Allez la France!*

Os pescadores riram-se e replicaram do mesmo modo.

— *Allez la France! Allez la France!*

— O que é que isso quer dizer? — perguntei.

— É o que eles gritam sempre quando há jogos de râguebi — respondeu o Harry. — É tudo o que sei dizer em francês — acrescentou — e *bonjour*, claro.

Quando já todos tínhamos finalmente desembarcado, o que demorou algum tempo, o Popsicle reuniu-nos.

— Se alguém perguntar — recomendava ele —, não se esqueçam de dizer que nos perdemos, que nos perdemos no nevoeiro. E tínhamos de rumar para onde fosse mais seguro. Se quiserem, deitem as culpas ao comandante.

Olhei para a cidade, para além do porto. As luzes da rua estavam a apagar-se por toda a parte. Era quase dia. Mas praticamente não havia carros. Não havia quase ninguém.

— Popsicle — perguntou o Harry —, aquela rua onde morava a Lucie Alice, sabes ir até lá?

— Havia uma igreja mesmo ao fundo da rua dela, disso lembro-me bem. Costumava ouvir os sinos. Mas só me lembro disso. Vou perguntar. Alguém há-de saber. Vou perguntar.

Partimos então todos para a cidade, com o Popsicle à frente, levando na mão a fotografia da Lucie Alice. Perguntava a toda a gente. A todas as pessoas que encontrava: a alguns homens que recolhiam o lixo, a um carteiro, a um motorista que parou perto de nós, num sinal vermelho. A reacção era sempre a mesma — primeiro um olhar cheio de desconfiança quando nos viam aproximar, e depois, quando olhavam para a fotografia que o Popsicle mostrava, encolhiam os ombros e abanavam a cabeça. Parecia que ninguém reconhecia a Lucie Alice — o que não me surpreendia, era evidente que eram demasiado jovens para a terem conhecido —, mas também nenhum deles tinha ouvido falar da Rue de la Paix, o que era estranho.

O Mac guiava-nos ao longo dos passeios, dando particular atenção aos dois irmãos gémeos, que pareciam estar mais interessados em parar e ver todas as montras por que passávamos. Sempre que tínhamos de atravessar uma rua, o Mac lá estava para nos orientar, a certa altura até levantou a mão fazendo sinal de parar a um camião que se aproximava, para que todos pudéssemos atravessar com segurança. Mas quanto mais avançávamos mais exaustos íamos ficando, com excepção do Popsicle. Sempre que podia, a Big Bethany tinha de se sentar para recobrar o fôlego. Tinha uma tosse que lhe dificultava a respiração, e estava sempre a pedir desculpa pela situação. Agora que algumas lojas já estavam a abrir, sempre que havia oportunidade o Popsicle entrava lá dentro e mostrava a fotografia. Nós ficávamos à espera, cá fora. Mas em vão. Percebíamos logo pelo abanar da cabeça e pelo encolher dos ombros. Apesar disso, o Popsicle não desanimava.

Ele ia a caminhar à nossa frente, subindo uma rua lateral com o pavimento empedrado, quando me chamou para junto de si. Pegou na minha mão e agarrou-a com força.

— A rua onde ela morava, Cessie, era igual a esta, era precisamente assim. Com casinhas pequenas. Com persianas cinzentas. Se eu conseguisse dar com a igreja... Do armário onde eu estava ouvia os sinos da igreja, Cessie. E estavam próximos, muito próximos — falava sem sequer olhar para mim. — O problema, Cessie, é que começo a achar que mais valia não me ter metido nisto. Acho que há coisas que talvez seja melhor nem chegar a saber.

Apertei a mão dele também com força, porque achei que não havia mais nada que eu pudesse fazer.

— Popsicle! — era a voz do Mac, vinda de trás de nós. — E se fôssemos tomar o pequeno-almoço? Há quem esteja a precisar muito disso. Vai aquecer-nos. O exército não pode marchar sem se alimentar!

Havia um café do outro lado da rua. As luzes lá dentro estavam acesas. A porta estava aberta. Uma senhora com um lenço na cabeça e um casaco varria vigorosamente o chão à entrada. Viu-nos avançar e parou de varrer. Tal como todas as outras pessoas com quem nos cruzávamos, acho que ela primeiro também pensou que éramos um bocado estranhos, mas assim que percebeu o que procurávamos, mandou-nos entrar com agrado.

Depois de ter tirado o lenço e o casaco, vi que era bastante mais velha do que eu imaginara. Não que se mexesse como uma pessoa de idade. Andava numa azáfama de um lado para o outro, juntando três mesas, dispondo as cadeiras em volta e falando sem parar — mas sempre em francês, pelo que eu não percebia uma palavra. Quando finalmente todos nos sentámos, ela voltou-se para o Mac.

— Ingleses? *Anglais?*

— Escoceses — respondeu ele com firmeza, o que pareceu deixá-la um tanto surpreendida.

— *Café?* Café? *Thé?* Chá? Pequeno-almoço? — perguntou ela.

— Pequeno-almoço — respondeu o Mac, dando uma palmadinha no estômago. — Estamos cheios de fome.

E assim ficámos uma hora ou mais a descongelar dentro do café, com cestinhos de *croissants* acabados de cozer e intermináveis chávenas de chá. Ninguém quis café. E o Popsicle, conforme reparei, não quis nada. Ficou ali sentado com os olhos baixos para a mesa, poisados na fotografia da Lucie Alice, alisando os cantos e sem dizer uma palavra.

A senhora trouxe ainda mais chá.

— Não gosta? O pequeno-almoço não lhe agrada? — perguntou ao Popsicle.

Foi então que ele subitamente começou a falar francês. Apanhou-nos a todos de surpresa, até à senhora de idade. Durante um bocado tive dificuldade em perceber de que é que

132

eles estavam a falar. Depois o Popsicle deu-lhe a fotografia e ela olhou-a mais de perto. Comecei a reconhecer algumas das palavras que eles diziam: *Rue de la Paix* e *Lucie Alice*. Mas só isso. Daí a um bocado ela falou novamente em inglês — talvez não tivesse entendido completamente o francês do Popsicle. Talvez ele não falasse assim tão bem, afinal.

— Então esteve aqui, em Dunquerque? — perguntou ela. — Em 1940?

O Popsicle acenou afirmativamente e virou a fotografia. Ambos trocaram um longo olhar.

— Vim à procura dela — disse o Popsicle, falando muito devagar. — *Vous la connaissez?* Conhece a Lucie Alice? Maillol, o apelido dela era Maillol. Sabe o que é feito dela?

A senhora estudava atentamente a fotografia, franzindo o sobrolho. Levou-a para junto da porta, onde havia melhor luz.

— Posso ir mostrá-la ao meu marido? — perguntou.

— Claro que sim — respondeu o Popsicle.

Ela dirigiu-se rapidamente para uma porta que ficava nas traseiras do café e saiu. Seguimo-la com o olhar. Foi o Harry quem quebrou o silêncio.

— Lembrei-me agora mesmo de uma coisa. Quem é que vai pagar tudo isto? Não temos francos, pois não? Não tinhas pensado nisso, Popsicle?

Mas o Popsicle não estava a ouvi-lo. Tinha os olhos fixos na porta das traseiras.

— Ela é capaz de aceitar libras — disse o Chalky. — E se não aceitar, resta-nos pedir ao Benny que vá lavar a loiça, não é, Benny?

Ainda estávamos a rir quando ela regressou ao café. Trazia consigo um senhor idoso com uma camisa sem colarinho e suspensórios. Tinha o pescoço muito magrinho e a barba por fazer. Trazia a fotografia na mão. Olhou-nos por cima dos óculos, com um ar desconfiado, quase hostil. O Popsicle levantou-se.

— É você quem anda à procura da Lucie Alice? — perguntou ele.

— Sou — respondeu o Popsicle.

— Porquê? *Pourquoi?*

— É uma amiga minha. Salvou-me a vida. *Elle m'a aidé pendant la guerre. Elle m'a sauvé la vie.*

Não percebi bem se o velhote tinha entendido. Aproximou-
-se e olhou o Popsicle de frente.

— Ela escondeu-me, — continuou o Popsicle. — Escondeu-
-me dentro de um armário, na casa dela, na Rue de la Paix.

— Já não existe, *monsieur*. A Rue de la Paix, a antiga rua,
desapareceu. Como é que se diz? *Bombardée*. Destruída. E a Lucie
Alice...

— Conhece-a? — perguntou o Popsicle, quase sem respirar.

— *Elle était dans la même école*, na mesma escola, *monsieur*, na
mesma turma. A minha mulher, eu, a Lucie Alice. Éramos amigos, todos nós. *Mais... nous sommes désolés, monsieur*. Temos muita
pena, mas já não vemos a Lucie Alice desde 1940, desde a guerra.
Ninguém mais a viu. Um dia quisemos ir vê-la, mas tinha desaparecido. *Disparue. Sa mère aussi. Elles sont disparues toutes les deux*.
Desapareceram. Eles levaram-nas. Nunca mais as vimos.

13

MENSAGEM AO MEU PAI

O Popsicle procurou com a mão a cadeira que estava atrás dele, para se amparar.

— Tem a certeza? — perguntou. — Tem a certeza absoluta?

O senhor de idade disse que sim com a cabeça e devolveu-lhe a fotografia.

— A Rue de la Paix, essa ainda aí está. Reconstruíram-na depois da guerra, tal como muitas outras em Dunquerque — continuou ele. — Mas a Lucie Alice e a mãe, nunca mais ouvimos falar delas, nunca mais.

Popsicle respirou fundo antes de voltar a falar.

— Acho que vou dar uma volta por aí — disse, mais para si próprio do que para quem quer que fosse. — É isso, acho que vou dar uma voltinha — tentou sorrir-nos, mas não foi capaz. — Não me demoro. E que tal encontrarmo-nos todos no barco daqui a umas horas? Tomas conta para que ninguém se perca, está bem, Mac? E depois voltamos para casa.

Dito isto, saiu porta fora.

O Harry poisou a mão no meu braço.

— É melhor ele não ir sozinho, não achas, Princezinha?

Por isso fui atrás do Popsicle e apanhei-o na rua.

— Onde vamos? — perguntei.

— Não sei ao certo — respondeu ele. — Vamos talvez sentar-nos um bocado na praia, para me recordar dos tempos antigos. Custa ter feito todo este caminho para nada, não custa? Pegou na minha mão e apertou-a com força, como se precisasse de me ter junto dele. Eu queria dizer algo sobre a Lucie Alice, algo para o consolar, mas não encontrava palavras. Caminhámos em silêncio.

Havia agora mais pessoas nas ruas. Passámos à porta de uma grande padaria, onde estavam numa azáfama a empilhar pães e *baguettes*. Parecia que o seu cheiro nos perseguia pela rua.

— Que maravilha! — exclamei, aspirando o seu odor.

Mas o Popsicle nem me ouviu.

— Bem, acho que vim encontrar aquilo que procurava, não concordas? — perguntou-me. — Queria a verdade e encontrei--a. Queria sabê-la, e agora já a sei. E agora tudo o que queria era não a saber, entendes-me? Mas isso é uma coisa que não é possível, Cessie.

Ouvimos um sino a tocar, em alto som e muito próximo, o sino de uma igreja. Parei e esperei até que ele acabasse de tocar.

— São oito horas — comentei.

O Popsicle continuava a toda a pressa, sem ter esperado por mim. Corri no seu encalço.

— O toque desses sinos, Cessie — agarrou-me o braço, quando cheguei junto dele. — Conheço-o. Conheço esse toque.

Entrámos numa praceta quadrada, com uma fonte ao meio, e por detrás dela vimos uma igreja enorme, de pedra cinzenta, com gaivotas poisadas no telhado, todas alinhadas.

Olhámos para a torre da igreja.

— Eram estes sinos — prosseguiu o Popsicle. — Tenho a certeza. É esta a igreja, tem de ser. Todos os domingos ela ia à missa, ela e a mãe. Deixavam-me em casa, fechado no armário. Eu ficava lá sentado no escuro e ouvia os sinos. Rezava uma ou duas orações por elas, e também por mim. Nunca tive muito o hábito de ir à missa, nem antes disso, nem depois; mas rezava com fé lá dentro do armário, Cessie, com muita fé. Mas parece que ninguém me ouvia...

O Popsicle ainda continuava a ver se descobria onde tinha sido a antiga Rue de la Paix, quando vimos uma senhora a entrar na praceta com o seu cão. O cão era muito parecido com o da Shirley Watson, tinha os olhos esbugalhados e estava sempre a cheirar tudo. Quando lhe perguntámos o caminho, ela levou-nos até ao outro lado da praceta e apontou para uma rua estreita que ia ter ao mar. A senhora era muito mais simpática do que o cão. Finalmente encontrámos a Rue de la Paix, e parámos em frente da casa que o Popsicle achava que podia ter sido.

— Está tudo muito diferente. A rua, a casa, com excepção das persianas — comentou o Popsicle. — As persianas naquela época também eram cinzentas, e tinham a tinta a cair. Meu Deus, como fui idiota. O que eu fui fazer! Abrir as persianas. E olhar lá para fora. O soldado que me viu devia estar aqui, neste mesmo sítio onde nos encontramos agora. Depois levaram-me à força por ali abaixo, em direcção à praia. E foi naquela esquina, foi ali que vi a Lucie Alice voltar para casa com o pão debaixo do braço. Ah, Cessie, o que eu daria para a ver outra vez aparecer naquela esquina!

Atravessámos a estrada larga que seguia junto à praia. Do mar soprava uma brisa muito fria, por isso fomos sentar-nos abrigados pelas dunas, onde descobri que as pulgas da areia francesas eram iguais às inglesas, com a diferença de que aqui havia maior quantidade. O mar estava cinzento-escuro, mas límpido. As ondas pareciam tão cansadas que nem tinham forças para se enrolarem e subirem pela areia. Havia quilómetros de praia e quilómetros de dunas, tudo deserto até onde a vista alcançava, com excepção de algumas pessoas que caminhavam pelo areal com os seus cães, saltitando à sua volta.

Popsicle estava a olhar para o mar.

— Aquele jovem soldado, o que me arrancou ao mar, nem cheguei a saber o seu nome. Ainda tenho o livro de poesia que era dele, *The Golden Treasury*, sempre o conservei. Nós os dois aqui sentados, Cessie, e está tudo tão tranquilo. É difícil acreditar que tudo aquilo aconteceu, todos aqueles barcos ao largo, e os aviões a fazerem voos picados sobre nós, e as bombas, e os corpos. Lembro-me de quando me fui embora de ao pé dele. Era apenas um corpo, tal como os outros, e nunca cheguei a saber como se chamava.

— Os nomes não têm importância — comentei.

O Popsicle pareceu subitamente mais animado ao ouvir-me. Pôs o braço à minha volta e chegou-me para junto de si.

— Tens razão, Cessie. De facto, tens razão. Posso não saber o seu nome, mas recordo-me dele, daquilo que ele fez. É a mesma coisa que se passa com a Lucie Alice. Nunca mais voltarei a vê--la, sei isso agora, mas guardo a sua recordação, não é? E é muito melhor do que nada. Se alguém devia saber disso, esse alguém era eu.

Ele continuou a falar, a falar, mas eu não ouvia muitas das coisas que dizia. Tinha demasiado frio e estava demasiado cansada para acompanhar o seu pensamento. Daí a um bocado ele pareceu ter reparado nisso.

— Vamos, Cessie — disse finalmente, ajudando-me a pôr de pé e sacudindo a areia da minha roupa. — É melhor eu levar-te para casa. É melhor levar todos para casa.

Devemos ter andado mais do que pensávamos, pois pareceu uma longa caminhada até chegarmos de novo ao porto e ao *Lucie Alice*. Estavam todos a bordo à nossa espera, mas estavam também o capitão do porto e os homens da alfândega. O Popsicle explicou, em francês e em inglês, que nos tínhamos perdido no nevoeiro, que não tínhamos passaportes, e que estávamos de regresso a casa. Eles refilaram durante um bocado, encolheram os ombros várias vezes, tornaram a refilar, mas foi tudo.

Quando soltámos as amarras pairava no barco uma profunda tristeza. Via-se bem que já não era a mesma tripulação alegre da ida. Até o Harry tinha perdido a sua vivacidade e estava sentado todo curvado e desanimado na sua cadeira de rodas. Contei-lhe que tínhamos ido até à praia. Falei-lhe das pulgas da areia, mas ele pareceu não ligar. A Big Bethany ia de pé, sozinha, olhando ainda para trás, para Dunquerque. Tinha o lenço na mão, e como percebi o motivo, deixei-a a sós. O Benny resmungava na cozinha, por causa de toda a loiça que tinha para lavar. Parecia não querer qualquer ajuda. Alguns deles tinham no rosto aquela mesma expressão vazia que eu lhes vira quando espreitei pela janela de Xangri-La.

A princípio pensei que tudo aquilo podia ser por solidariedade para com a desilusão do Popsicle, mas nesse caso seria natural que fossem para junto dele e lhe demonstrassem amabilidade e estima, o que não estavam a fazer. Depois pensei que talvez o recriminassem por os ter levado numa missão que acabou por se revelar um fracasso, mas não era assim que eles se sentiam, nenhum deles. Também não era só cansaço, embora este fosse evidente em todos os rostos que me rodeavam quando deixámos o porto de Dunquerque e entrámos no mar. Foi quando eu estava sentada sozinha sob a bandeira vermelha da popa que finalmente compreendi o motivo pelo qual todos eles se sentiam tão infelizes. Podia ser por uma de duas coisas, ou talvez por ambas: um pavor secreto em cada um deles, o pavor de terem de voltar para Xangri-La, ou uma tristeza dolorosa por a sua grande aventura, a nossa grande aventura, estar a chegar ao fim.

Havia já cerca de uma hora que seguíamos mergulhados nesta tristeza penetrante, quando o Popsicle chamou todos para o convés. Entregou a cada um uma lata de leite condensado.

— É para vos adoçar a boca, meus infelizes. Animem-se, não é assim tão mau. Acham que é a última vez que fazemos uma coisa destas? Claro que não. Não se preocupem, que eu trato disso — acariciou a roda do leme. — Havemos de ir passear nele sempre que quiserem. Afinal, o barco é meu. Saio com ele quando me apetecer. Elas não podem impedir-nos. Prometo.

Isto pareceu animá-los um pouco. Mas o Popsicle ainda não tinha terminado.

— Pois bem, não encontrámos o que viemos procurar. Não consegui o que queria. Mas vivemos a aventura das nossas vidas, não acham? Podemos ser um bando de velhotes, mas garanto-vos que ele nunca teve uma tripulação melhor do que esta, nem mesmo nos seus tempos de glória. Por isso nada de desanimar! Vamos engolir o nosso leite condensado, vamos aquecer-nos com o chá do Benny, e vamos todos voltar para casa com um sorriso. Quero que eles nos vejam sorridentes. E eles estão à nossa espera, podem ter a certeza. Vai haver bronca quando chegarmos, não me admiro nada. E a Mulher-Dragão também vai lá estar, aposto. Por isso vamos mostrar-lhe como nos divertimos. O que acham?

O sol irrompeu por entre as nuvens e inundou o convés com um súbito calor.

— Já temos sol — exclamou o Popsicle. — Vá, Cessie. Vai buscar o teu violino. Toca uma música para nós, linda menina!

Não sei como é que o Popsicle conseguiu, mas o certo é que de certa forma transformou-nos a todos. Daí a poucos minutos tínhamos voltado a ser o mesmo grupo alegre da ida, ou pelo menos quase tão alegre. O Popsicle explicou mais tarde que o truque estava nas propriedades mágicas do leite condensado. Fosse como fosse, de certeza não foi por causa do meu violino. Eu não conseguia apanhar o tom. Os meus dedos não tocavam como eu queria, e depois a corda do mi partiu-se e eu não tinha nenhuma de reserva no estojo do violino. Não é possível tocar grande coisa sem a corda do mi.

— Não faz mal — disse o Popsicle. — Então vamos ouvir rádio. Há-de haver algum posto a transmitir música. Há sempre.

Pediu ao Mac que o ligasse com o volume no máximo, para que todos ouvissem.

Depois de muitos zumbidos e assobios e estações de rádio estrangeiras, finalmente foi possível sintonizar bem uma estação que transmitia música de anúncios, e a seguir ouviu-se uma voz em inglês, uma voz que imediatamente reconheci, a voz do meu pai. O Popsicle também a reconheceu. Parou logo os motores.

— É ele! — exclamou. — É o Arthur, o meu filho! Oiçam, oiçam!

— Esta é então uma mensagem para o meu pai. Só espero e peço a Deus que esteja a ouvir, Popsicle!

— Ele tratou-o por Popsicle! — sussurrei-lhe.

— Pois tratou, Cessie, pois tratou. Agora cala-te e escuta, linda menina!

Houve uma pausa tão longa que pensei que o rádio se tinha dessintonizado. O meu pai aclarou a voz e continuou.

— Durante todos aqueles anos, sentado no muro, eu ansiava por o ver voltar. Desde então, toda a minha vida tenho desejado vê-lo voltar para casa, esta é que é a verdade. E quando de facto voltou, tudo o que fiz foi recebê-lo friamente e depois mandá-lo embora outra vez. Foi uma vergonha o que fiz, e tenho consciência disso agora; mas só tive realmente a noção disso quando hoje de manhã descobrimos que a Cessie se tinha ido embora, quando lemos a tua carta, Cessie, aquela que deitaste para o cesto dos papéis. Lowestoft, o *Michael Hardy*, Dunquerque, a Lucie Alice, a minha mãe — agora sei tudo, sei que partiu para procurar a Lucie Alice em Dunquerque. Peço a Deus que a encontre viva e bem, mas se não encontrar, peço-lhe que volte para casa e fique connosco. Queremo-lo ao pé de nós. Quero que fique comigo. Não vai voltar para Xangri-La, garanto-lhe. E tu, Cessie, se estás a ouvir-me, vem para casa sã e salva e traz o Popsicle contigo. Tomem cuidado, os dois!

Pensei que ele tinha acabado, mas não, ainda não totalmente.

— Nos meus programas, e ao longo dos anos, tenho lançado muitos apelos, mas esta é a primeira vez que lanço o meu próprio apelo. E ele é dirigido a si, Popsicle, para o convencer a voltar para casa. Sei que já há muito passou os sessenta e quatro anos, mas não posso deixar de pôr esta música. Aqui vai: *When I'm Sixty-four*, dos Beatles. Que Deus o proteja. Estaremos à sua espera.

140

Aqueles que a conheciam, e éramos quase todos, entoámos ou cantámos a acompanhar. Mas o Popsicle manteve-se em pé, ao leme, só a ouvir enquanto olhava para o mar. Quando a música terminou, esfregou as mãos e procurou aquecê-las com o bafo.

— Está frio. Está muito frio aqui — exclamou. — Vamos para casa, Cessie? — E ligou os motores.

Tal como o Popsicle tinha previsto, havia de facto uma grande recepção à nossa espera. Quando íamos a meio do Canal um helicóptero avistou-nos e sobrevoou-nos em círculos durante algum tempo. Ainda estávamos a alguns quilómetros de distância quando o primeiro barco, uma lancha da polícia, foi ao nosso encontro. Puseram-se ao nosso lado e, por meio de um megafone, ofereceram-se para colocar alguns agentes a bordo, connosco — para nos ajudarem, segundo disseram. O Popsicle recusou, e deixou bem claro que éramos perfeitamente capazes de levar o *Lucie Alice* de volta pelos nossos próprios meios. Eles pareceram não ficar muito contentes e mandaram-nos segui-los. O Popsicle respondeu que o nosso barco era bastante maior do que o deles e também muito mais rápido, por isso podiam ser eles a seguir-nos a nós, isto é, se conseguissem.

As notícias circularam depressa, porque pouco depois havia uma pequena frota de barquinhos à nossa volta, escoltando-nos. Quanto mais nos aproximávamos da costa, maior era essa escolta. Outro helicóptero pairava agora sobre nós. A bordo estava um *cameraman*, inclinado para o lado de fora a filmar-nos. Era como se tivéssemos ido sozinhos dar a volta ao mundo, e não apenas até Dunquerque e voltar.

Quando entrámos no porto ouvimos uma barulheira de buzinas e sirenes, e um dos barcos até tinha posto a funcionar as mangueiras para os incêndios, para nos saudar com os seus jactos. No cais havia uma fila de pessoas que nos aclamavam e acenavam. Já me doíam os braços de tanto lhes acenar também; mas nunca parei de o fazer, nem uma só vez. O Popsicle continuava ao leme, como fizera durante todo o trajecto. Olhei para ele lá em cima e vi que, apesar de todo o seu cansaço, saboreava cada momento, tal como eu e tal como os velhos Argonautas. Podes não ter encontrado o Tosão de Oiro, Jasão Popsicle, pensei eu, mas mesmo que o tivesses encontrado a recepção possivelmente não seria melhor.

Íamos a entrar de novo na eclusa quando vi os meus pais. Estavam de pé, um ao lado do outro, em frente da casa do guarda da comporta, e um pouco afastados do resto da multidão, como se quisessem apreciar tudo aquilo a sós, em privado.

Pareceu uma eternidade o tempo que demorámos para passar pela comporta e para atracar de novo, com os motores finalmente em silêncio. Vi o Chalky a limpá-los pela última vez, e a despedir-se deles dando-lhes um beijo carinhoso. A Big Bethany apertou-me contra o calor suave do seu corpo e pediu-me que fosse um dia a Xangri-La tocar violino para eles. Prometi que iria, e disse-o com convicção.

A minha mãe foi a primeira a entrar a bordo. Foi enquanto ainda estávamos a abraçar-nos que vi a Shirley Watson e a Mandy Bethel, e mais algumas outras colegas ao lado delas, a observar--nos do pontão. Acenei-lhes e elas acenaram-me também. Até que consegui soltar-me dos braços da minha mãe. O meu pai estava a olhar para o pai dele.

— Nós ouvimos-te, Arthur, na rádio — disse o Popsicle.

— Bem-vindo a casa, Popsicle! — exclamou o meu pai.

E foi ali no convés do *Lucie Alice* que eles se abraçaram, em frente de toda a gente; e, a julgar pelos aplausos, todos gostaram muito de presenciar essa cena. Ficaram abraçados durante muito tempo, e eu pensei — e desejei — que esse abraço compensasse todos os anos que tinham passado sem se abraçar.

ÍNDICE

Estrela do Mar